KB075176

장마는 아이들을 눈뜨게 하고

장마는 아이들을 눈뜨게 하고

정화진 시집

민음의 시 26

민음사

自序

잎사귀를 귀하게 여겨 줄기를 망치거나 혹은 소매를 깁기 위해 옷깃을 자르는 것과 같은 일을 되풀이한 것은 아닌지. 원효 스님 말씀이 오늘도 예리한 비수처럼 나를 치고 간다.
극도의 주의 집중은 망각이라 했던가……. 한쪽으로 극심하게 기울어져 있는 이 시편들은 무엇을 그토록 잊고 싶었던지. 아니 그것은 잊고 싶지 않았으므로, 그리고 쉽사리 잊혀 갈 것들이었으므로, 한 편으로 의식을 몰아간 것에 불과하다.
그러나 이 풍경의 배면에서 선혈로 나를 툭툭 치는 지난한 삶, 그 삶을 나는 또 어떻게 풀어낼 수 있을지…….
그 지난함과 캄캄한 세월의 강을 건너온 연로하신 어머니께 이 작은 시집을 올린다.

1990년 3월
정화진

차례

춤

수억의 구더기 떼가 소용돌이 속으로 빨려 들어가고 있다
알할랄랄라이
랄랄랄하이하이
알할랄랄라이

징거미 더듬이

조심스레 계단을 오르는 나를 붙드는 소리
계단 입구 놀이터 쇠 그넷줄이 밤바람에 찍찍거린다
삽시간, 5층에서부터 쏟아져 내리는 듯한 물소리
소리가 쏟아지고 있다 나는 듣는다 계단에 물이 넘쳐 흐른다
낙동강 상류가 열리며
계단을 튀어 올라가는 징거미들

병정놀이를 하던 시냇가 모래밭
발가벗은 햇살의 모래 둔덕에 부러진 나무칼이 버려져 있다
천천히 칼 속에서 할머니가 걸어나온다 된장 뚝배기를 들고
뚝배기 속 끓는 흰 고무신 한 짝이 보인다
모래밭에 얼핏 뒹구는 것이 있다 무엇일까 생각하던 나는
자라를 뒤따라 냇가로 가는 흰 고무신을 본다
모래밭 저편에선 또 누가 오고 있다 단발머리의 아이가 온다
폐렴 말기의 허파를 떼어 들고 겨우겨우 온다
기암바위 그늘에서,

문드러진 손가락의 얼굴 없는 사내 녀석이 아이의 작은 허파 하나를 잽싸게 낚아채 간다

계묘년 비는 붉게 내렸다, 붉게.
온 들이 황토물 속에 잠기고 아이의 입술이 노란 칼의 마당에서
푸득거리다가 쓰러져 갔다 아이의 입술을 세우며 할머니가
냇가에서 울었다 냇물에는 몇 개의 잘린 자라 목이 떠내려 가고
아무도 몰래 할머니는 약사발에 묻은 피를 씻었다
입술을 열고 붓던 자라의 피와 가느다란 영혼 하나를
할머니의 손을 나는 다 보았다
시냇가 미루나무 아래 편 물풀 그늘에는
아이의 얼굴만 게워내는 골뱅이들이 소복이 쉬고
나무칼이 물풀에 걸려 맴돌며 시냇물을 잘라내고 있었다

이 밤, 누가,
5층에서 골뱅이 껍질을 쏟아 붓는다
나는 귀를 막고 계단을 올라간다

아파트 아이들이 놀다 버린 나무칼이 현관문 아래 버려져
낙동강 상류를 자르고 있다
냇물에 떠내려가던 아이들 얼굴이 오늘은
나무칼 속에서…… 골뱅이 껍질이 쏟아져 나온다
부러진 나무칼, 병정놀이를 하던 모래밭,
흰흰흰흰 고무신 한. 짝.
나는 징거미 더듬이가 가득 묻어 있는 현관문에 귀를 바짝 들이댄다
안쪽에선 아무 소리도 나지 않는다
조 용 하 다

칼이 확대된다

새벽 3시 10분, 일어나 부엌으로 가서 물을 찾다가 본다

고요하다, 어둠 속엔 석류 알 같은 소리들이 박혀 있다
목이 마르다 나는 부엌 유리창에 스며드는 초나흘 달이 싱크대 위에
엎어 놓은 유리컵에 꽂힌 채 푸른빛을 띠고 정지되어 있는 것을 본다

순간, 칼이 빛나는 듯하다
칼은 유리컵을 돌아서 구석 쪽
싱크대를 내려다보며 도마 위에 다소곳이 얹혀 있다
칼이 확대된다…… 칠월 더위, 마당이 노랗고
토담 아래 쪽 닥나무 숲 그늘은 짧아 보인다
문지방엔 마른 모가지를 반듯이 기대고 여자아이가 누워 있다
칼이 다가간다, 할머니 손에 쥐어져 있는 시퍼런 날의 칼은
문설주에 쓰윽쓰윽 몸을 문지른다
할머니가 바가지에 담긴 정갈한 물에 칼을 씻는다
칼 씻은 물을 마시던 아이가 이제는 싱크대 뒤편의 칼

을 본다
칼이 확대된다……
말라리아가 파먹은 더위를 칼물로 잠재운다
칼의 작은 입자들이 아이의 가슴에 점점이 박히고 아이는
말라리아를 칼물과 함께 뱉어 버린다

다 큰 내가 부엌에서 나온다
목을 축였다고 생각하다가 칼을 떠올린다
칼이 확대된다…… 아이가 칼을 먹는다
칼이 갑자기 공원묘지를 향해 달아난다 달빛 그리고 들
국화가 핀다
칼이 확대된다……
할머니가 아이를 위해 마당을 깨끗이 쓸고 난 후
마당 한가운데 땅을 긁어 십자표를 긋는다 노란 흙이
날린다
맞물린 십자 표식 위에 정확하게 칼을 꽂아 바가지를
덮어씌우는 할머니
말라리아의 가슴을 찍어 가르려 한다

잠시, 칼이 빛나는 듯하다

나는 다시 부엌으로 들어간다 칼을 집어 창 쪽으로 던져 버린다

칼이 부서진다 견고한 유리의 부엌창이 칼을 부순다

나는 또 하나의 칼이 확대되고 있는 것을 본다

칼을 갈고 싶어진다고 나는 느낀다

할머니 무덤가로 칼물을 들고 달려가고 싶다고 생각한다

할머니는 썩은 볼이 불그레 살아날, 것만, 같다

칼이 확대된다

시계가 3시 15분을 가리킨다 고요하다

서서히, 어둠 속에 박힌 소리들이 한 알씩 빠지기 시작한다

남쪽 마당

음, 못 먹겠어 할머니……
어둠을 열며 연기가 피어오르는 마당
여전히 남쪽 마당엔 모깃불이 타고

부엌에서 새어나오는 칼의 잔광이 어둠에 싸인 마당을 자른다
할머니가 나무 국자를 들고 마당 한가운데로 소리없이 걸어나올 때
흩어져 있던 무수한 별들이
국자 속, 핏물 위로 다 떨어진다
은하수는 남쪽 마당가로 비껴 흐르고
뒷모습뿐인 사람들이 모깃불가에 앉아 있다

토담 너머 저쪽,
시냇가 수풀 그루터기 아래로 기어 온 어미 자라들.
자운영 꽃잎으로 알을 덮어 두고 자라들이 사라진 논두렁길이
남쪽 마당에 토막 나 흩어져 있다
국자 속에 담긴 자라의 피에 묻은
자운영 향기가 모깃불 연기와 섞이고 있는 고요한 마당

아…… 할머니는 자라의 목을 어떻게 잘랐을까?

떨며 보내던 여름날을 털어내고
겨우 새벽 냇가로 내가 갔을 땐
냇물이 온통 피어오르는 자운영 꽃 향기에 뒤덮여 있었다.

감추어진 길

수면이 가늘게 떨리고
흔들리는 물가에 나무들이 서 있다 아득하게
모로 눕던 물풀들은 숨죽이며
미풍에 반짝이고
물가엔 부서지는 햇살투성이

소금쟁이 한 마리가 물 위에 동그라미를 그리며 물풀
숲으로 숨어든다

떨리던 수면은 잔잔하게 열려 있다
가장자리 물풀이 잠시 움직이고
물풀 아래쪽,
잘디잔 모랫벌이 풀썩 흐려진다

물속에 사선을 그어 놓고
꼬리를 물풀 속으로 감추며 사라지는 모래무지 한 마리
흐린 물이 풀어지며 수면을 흔든다

물속,
부드러운 모래밭 위로 꼬불꼬불 나 있는

몇 개의 가느다란 길
지금은 고요한 물속. 투명하게 열려 있는

물김치 사발

저녁상에 찰랑이며 놓인
물김치 사발
동동 뜨는 돌나물 한 술을 떠 먹으며
내가 들여다본 사발 속에
문득 연둣빛이 풀어지고
우산리의 감나무 한 그루가 자라오른다

물김치 사발 속,
돌나물 이파리 사이로 깊어 보이는
감나무 윗가지에 산새 두 마리가
물소리를 내며 날아와 앉고
뭉클뭉클 산 능선이 감나무 위쪽으로
부풀어 오른다

감나무 속을 휘저으며
내가 떨어뜨린 밥순갈을 적시는
부러진 잔가지들
산새는 푸득이며 날아가고
감나무가 사라진 저녁상 위에
우산리의 하늘만 아득히 흘러내린다

나의 방은 익모초 즙이 담긴 사발이다

근암댁이 대청마루에 새벽 안개 한 사발을 담아 둔다
안개와 섞이며 사발 속에 익모초 즙이 출렁이고
신열이 난다. 안방에서 앓는 아이
벼랑으로 내달리는 아이의 병을 긁어내는 근암댁
안개 한 줌을 더 부벼 사발 속에 넣으며, 먹어야 한다
먹어야 한다 애야

뜰엔 가득 아침 안개,
안개 무더기 속에 시끄럽게 익모초들이 무성하다
상주군 외서면 우산리 청산촌 근암댁 안마당에 익모초
가 짙푸르다
씁쓰레 익모초 숨들이 마당을 건너 대청마루로 간다
방 안으로 스며드는 익모초 향기에 젖으며 앓는 아이
손이 푸른 할머니, 근암댁의 손녀가 앓고 있다

모로 누운 몇 뿌리 익모초가 얼비치는 사발이
대청마루에 놓여 있다 익모초 즙이 담긴
사발에서 신열이 난다. 땀이 돋는다 작은 손의 아이
사발에 담긴 즙으로 할머니 푸른 손이 거듭 다가간다
흰 사발 표면 아래로 청록색 두 줄의 무늬가 언뜻 보이고

동그란 사발의 원이 되살아난다 할머니 손과 섞이며 되살아난다

대청마루 위쪽의 골기와 속에서 구렁이 지나가는 소리를 들으며 몸을 떨며 나는 컸다. 공원묘지 붉은 흙 속에 이제는 누워 버린 할머니, 할머니 무덤가엔 익모초 몇 뿌리가 자라며 즙을 게워내고, 나는 조금씩 병을 잃으며 앓고, 할머니의 익모초 즙을 마시며 컸다. 익모초 즙을 방안 가득 쏟아 놓으며 나는 컸다.

안마당 저쪽의 대청마루가 내게로 다가온다
사발이 놓여 있다 청록색 무늬 두 줄을 두르고
할머니가 떼어 놓던 청태들이 다시 자라오르기 시작하는 대청마루
골기와 갈라터진 틈으로 자라오르는 익모초 잎사귀들이 다가온다
할머니 손이 다가온다, 한 사발 꿀꺽 마셔야 한다 마셔야 한다……

푸르게 할머니 손이 거듭 다가오는 나의 방은

익모초의 새벽이다 나의 방은 익모초 즙이 출렁대는 사발이다

괘종시계

중절모의 노인이
저녁 연기를 헤치며 돌다리를 건너간다
습한 어둠을 빨아들이며
호두나무 숲이 우거진 마을에
괘종시계가 걸려 산을 흔든다
첩첩 산들이 돌다리 아래로 내려앉는다

나의 방 북쪽 벽에 낡은 괘종시계가 걸려 있다
방 밖은 비가 온다 아득한 시간 너머
버스에서 내린 노인이 서쪽 산을 넘는 게 괘종시계에 비친다

나뭇가지들이 흔들리고 어린 열매들이 달랑거린다
할아버지가 돌다리를 건너간다
할아버지 등에서 자는 아이 잠이 든 아이가 밤 안개를 맡는다
안개 속에 묻어나는 저녁 연기를 느낀다
돌다리를 싸고 있던 안개가 흩어진다 괘종시계 숫자 판이 흐려진다
할아버지의 마당에 불이 꺼져 있다

아이가 잔잔한 물소리의 마당으로 들어간다
할아버지 등을 타고 흐르는 물소리 아이를 잠재우는
마당 그득히 할아버지가 괴인다 괘종시계 저 편으로

안개 가득찬 마을로 내가 들어간다
쭉정이만 달린 호두나무들이 떨고
물소리가 넘치는 할아버지의 방으로 들어간 나는 아직도
단발머리의 아이가 고요히 자고 있는 것을 본다
나는 아이를 깨우고 싶다 아이를 흔들어 나를 깨운다
아이가
움직이지 않는다 아무도 오지 않는 마을에 괘종시계가
흔들린다

지금 나는 괘종시계를 본다 창밖에는 비가 온다
물소리들이 안테나를 타고 501호 나의 방 북쪽 벽에 걸린
괘종시계 속으로 흐른다 흥건히 젖는다
시계태엽 저 안쪽으로 잦아드는 물소리
아, 할아버지 그리운
돌다리들이 희미한 산 위로 자꾸 솟아오른다

납비녀

장독대의 큰 간장독들이 봄 햇살을 통째로 마신다 마당귀에는 참비름이 돋아나고 있다 서쪽 토담 아래 돌 위엔 정한수 한 사발이 놓여 있다 돌 옆으로 정갈하게 빗어 올린 할머니의 쪽 찐 머리가 보인다 사발의 측면에 두 손이 움직이며 비친다 정한수 사발이 놓인 돌 주위의 뱀 풀들이 잎들을 빳빳이 세우며 서걱이고 할머니 뒷 머리칼을 가로질러 꽂힌 은비녀가 사발에 잠깐씩 비친다 뱀 풀의 흰 줄무늬 같은 은비녀의 작은 무늬들 사이엔 어둠이 잔뜩 배어 있는 듯하다

햇살이 마당귀 쪽으로 넘어지며 참비름 속살을 태우다가 사라지는 것이 토담 아래 놓인 사발에 길게 비친다 냇물이 마당으로 들어온다 둔덕을 넘어오는 물, 마을 어귀 모든 돌다리들이 가라앉는다 좁은 길이 물에 묻힌다 할머니의 피가 심장 밖으로 넘쳐흐른다

붉은 물이 들어오는 마당,
작은 단지들이 조금씩 움직인다
간장독 속에 담긴 할머니의 두 손이 순식간에 물 위로 떠오른다

고추와 숯 검댕이 몇 쪽이 손을 뒤따라 마당을 맴돌다가 떠내려간다
메주 덩어리가 풀리며 떠가는 물

지푸라기와 검정 재들이 마당이 끝나는
돌계단 아래쪽에 널려 있다. 홍수가 끝난 모양이다
할머니가 뒷모습만 보이며 댓돌 위의 흰 고무신을 신다가
올핸 이상하게 장맛이 쓰구나……, 마당을 한 바퀴 돌아나와
삽짝 밖으로 사라진다

마당이 고요하다
뱀 풀도 참비름 꽃도 없는
서쪽 담 아래 돌 위엔 정한수 담던 사발이 버썩 마른 채 여전히
놓여 있다. 사발의 표면에 몇 줄의 금이 나 있고
할머니의 손이 비치지 않는 사발 속에 지금은
색 바랜 납 비녀 하나가 비스듬히 담겨져 있다

자줏빛 하늘

부엌문 아래로 흘러나오는
연기가 장작 타는 소리를 싣고 한마당 자욱히 깔린다
토담 위의 잡풀 그림자가 쭈뼛대며 걸리다가 사라지는
귀 떨어진 옹기가 놓여 있는 앞마당
옹기의 옆면으로 연기가 스며들고 어두운 부엌문이 비친다
반쯤 열려 있는 문 안쪽에선 흰 옷이 어른거린다

채반을 들고 누가 연기를 밟으며
마당으로 나온다 얼굴이 보이지 않는다 흰 옷자락만
넘실거리는 마당에 덩그러니 채반이 놓여진다
채반 속에서 볼 깊은 옹기가 솟아나온다 한쪽 귀가 떨어져 있다
옹기의 옆면으로 뜨거운 한낮의 마당이 열리고
소복히 먼지 쌓인 댓돌 옆엔 감자 껍질이 묻은 갈쿠리가 뒹구는 것이
보인다 대청마루 아래서 피어오르는 썩은 감자 내음이 마당귀에 괴이다가
토담 밖으로 날리어 간다
옹기 속으로 빨려 들어가는 앞마당과 감자들이 흰옷과

섞이며
부글부글 끓는다 자줏빛 감자들이 옹기 속 물에 잠겨
압정같이 내리쬐는 햇살과 어울려 썩고 있다

부엌 쪽에서 장작 타는 소리에 섞여 흘러나오던
아이의 가냘픈 목소리가 문득 마당에 흩어진다 할머니,
숨막히게 아름다운 마당은 싫어……

댓돌 옆엔 감자 껍질이 묻은 할머니 손이 놓여 있고
구십 개의 할머니 얼굴이 대청마루 밑의 습기를 몰고나와
옹기 속으로 굴러 들어간다
햇살들이 옹기 속의 할머니 얼굴을 산산이 부숴 놓는다
자줏빛 냄새들이 이젠 노란 마당을 조각내며 하늘로 날아오르고
썩은 감자 껍질 몇 조각이 죽은 대추나무 가지에 걸리는 것을
창백하게 아이가 바라본다
옹기 속의 물이 마른다

이쪽 마당에서 내가 할머니의 앞마당을 들여다본다

부엌문 빗장이 굳게 질려 있다
옹기는 어둠에 싸여 있고 채반이 아직도 마당에 놓여 있다
김이 피어오르는 채반 속에 감자 편 여섯 쪽이 마당의 어둠을
베어 먹는다 대추나무를 바라보던 아이가 감자 편 한쪽을 삼키고
마당귀에서 쉼 없이 잔다
아이의 얼굴에 대추나무 그늘이 조금 비낀다
대추나무 곁에서 자는 동안 아이는
다리가 길어지고 머리칼이 어깨를 찌른다

온통 새하얀 앞마당, 고요하게
옹기 속을 넘쳐나와 마당을 덮고 있는 감자 가루
아이를 포근히 덮어주던 하얀 가루가 토담의 마른 잡풀 더미까지
차오른다 할머니 얼굴이 마당 가득 부푼다
숨, 막, 혀. 할머니,
대추나무가 부러져 마당 바깥에 풀썩 먼지를 일구고 떨어진다

자던 아이가 놀라서 벌떡 일어난다 치마를 흔들며
감자 가루를 몽땅 끌고 마당 밖으로 나간다
자줏빛 하늘 속으로 사라지는 아이
마당이 텅 빈다

반짇고리

오동나뭇잎이 무성하게 흔들리는
안마당 깊숙이 호롱불이 타고 있다
외양간 위에 피는 박꽃 속으로 초승달이 내려앉으며
어둔 마을을 밀어낸다

불빛은 댓돌을 적시며 마당으로 번져나온다
할머니 옆모습을 핥고 있는 호롱불 아래 새근새근
아이가 잔다 그을음 몇 가닥이 아이의 얼굴 위를 맴돌다가
천장에 긴 무늬를 그리며 엷어진다 심지를 가다듬는 할머니
노랗게 바랜 동정을 도포 깃에서 뜯어낸다
쉴 새 없이 골무 낀 손가락과 실밥들이
반짇고리 속 호롱불에 젖는다

불이 꺼진 마당으로 싸늘하게 나는 들어간다
죽은 무당개구리가 발끝에 채인다
조각조각 깨진 초승달이 창살에 붙어 가늘게 떨린다
지금은 먼지와 어둠이 뒤섞여 있는 할머니의 방
호롱불에 어려 반짝이던 골무도

실꾸리도 바늘도 담겨져 있지 않은 반짇고리가 놓여 있다

누가 띠살 무늬 창살에 붙은 초생달을 떼어낸다
울고 있다 나는 방을 들여다본다 내 울음이 문득 방문을 민다
아, 아직도 할아버지의 도포가 걸려 있다
텅 빈 방에 울음을 켜 두고 나는
반짇고리를 안고
오동나뭇잎이 서걱이며 구르는 안마당을 빠져나온다

푸른 모기장

긴 총 한 자루가 모래 둔덕에 도드라지게 놓여 있는 것을 본다 총구 부분은 모래에 살짝 덮여 있다 총 옆으로 갈매기 날개 모양을 가지런히 늘어놓은 듯 둥그스름한 군화 발자국이 지평선 둔덕 너머까지 나 있다 날개 모양의 무늬들이 잘게 움직이다가 흐릿해지고 신기루가 피어오른다 날리는 모래 속에 짧게 오르내리며 나풀대던 긴 머리칼이 다시 모래 속에 묻힌다 모래톱 위로 잠깐 드러나 보이는 머리칼 덮인 얼굴을 아이가 본다 입술 가장자리에서부터 목까지 비스듬히 잔모래가 듬뿍 묻어 있다 얼굴의 형체를 알아볼 수가 없다. 아이가

아이가 달아난다. 풀들이 노란 빛으로 넘어진다
아이가 뒤를 돌아본다 달려오는 긴 총을 든 얼굴 없는
사나이. 아이는 굴러 떨어진다
아득한 벼랑 아래로
아이를 잡아당기는 푸른 모기장
옆에 자고 있던 할머니가 보이지 않는다 텅 빈 방
푸른 그물 모기장 속에서 아이가 땀에 흠뻑 젖은 채
벌떡 일어나 앉는다 앞마당을 내려다본다
마당은 달빛이 내려앉아 창백하게 부풀어 있다

사랑채 쪽에서 들려오는 두런대는 소리
소리를 따라 조용히 대청마루를 건너간다 사랑방 문을 조금
밀어 보던 아이가 되돌아온다 안방으로

모기장 속으로 아이가 들어간다
아이를 뒤따라 들어간 몇 마리 모기가 여름밤을 찌르고
삼베 홑이불 속으로 아이는 머리칼과 발끝을 다 감추어 버린다
뒷도랑 물소리가 숲 향기를 안고 간간이 문지방을 넘어 들어오다가 멎는다
홑이불 속을 파고들어 가는 달빛
아이가 오그라진다
뜬눈으로 밤을 지새는 아이
인기척 없는 마당에 달빛은 겹겹이 내려 쌓이고
모기장만 아이의 방을 푸르게 감싸고 있다

녹슨 부엌

부엌 안으로 들어가는 흰 치맛자락을 본다
부뚜막 위쪽 한가운데 눈부시게 작은 단지가 놓여 있다
삼베 조각으로 단지를 맑게 닦는 할머니
단지가 반짝인다 관솔불이 타오르는 아궁이
가마솥 뚜껑을 밀어 올리며 불빛은
무명 치마에 불그레 안긴다
부엌 문지방에 아이가 앉아 생글생글 단지를 본다

단지 옆면에 아이가 잠깐 비친다
아이는 입술을 달싹거린다 아궁이에서 연기가 불쑥
솟아나온다 단지 속의 물이 흐려진다
몇 가닥 연기는 부엌 살창을 휘감으며 마당으로 빠져나
간다
건넌방 쪽마루 난간엔 땀방울이 맺혀 있다
누가 앓고 있는 듯하다 분주히 약사발이 방을 드나들고
아이는 여전히 입술을 달싹인다
부뚜막 위, 단지 속엔 연기가 가득 찬다
물이 마른다 부엌에선 노래를 부르지 마라 얘야
조왕이 노하시면……

이젠 아이가 부지깽이를 들고 아궁이 앞에 있다
연기가 부엌을 넘쳐나와 건넌방 쪽으로 몰려간다
아이는 목이 막힌다 금이 가고 있는 단지 속에 먼지가 쌓인다
흐릿한 부엌 연기 속에서 아이는 크고
건넌방으로 건너간 할머니는 다시 나오지 않는다
쪽마루 계자각 난간이
풀썩 내려앉는다 연기가 피어오른다

녹슨 부엌,
가마솥 옆 부뚜막에 걸터앉아
청바지 입은 나는 지금
단지 조각들과 부서진 노래들을 본다
그을음 투성이의 떨어져 내린 벽토 속에 섞여 있는

개미 떼

두리기둥에 송진이 피어오른다 토벽은 아직 마르지 않은 듯하다 신문지로 애벌 도배를 한 방 안이 반쯤 열려 있는 띠살문 사이로 보인다 마당엔 기왓장이 몇 개 남아 있다 개미가 토벽을 타고 올라간다 비행기 위를 지나서 여배우의 벌려진 입술 속으로 들어간다 빛바랜 영화 광고 사진 쪽에 아이의 눈이 고정되어 머문다 지붕이 번질거린다 서까래로 쓰다 남은 둥근 나무토막이 기왓장 옆에 비스듬히 기대어져 있다 마당귀에 흩어져 있는 톱밥들 위로 사월의 비는 쉼 없이 내린다 맨드라미가 앞마당 토담 아래쪽에 솟아나온다 문이 열려 있다 띠살문 틈으로 움직이는 아이가 보인다 개미가 빨간 마후라 라고 씌어진 활자 속으로 들어간다 신문지가 눅눅하게 부풀어 있는 듯하다 개미가, 꼬리를 물고 토벽 속으로, 들어간다, 아이가 바라본다 사방 벽이 신문지로 덮여 있다 배우들이 이빨을 다 드러내고 문설주 위쪽에서 웃는다 아이도 웃는다 토벽에 붙은 비행기에서 눈을 떼지 않는다 방문을 밀고 들어오는 습기를 아이는 느끼지 못한다 부엌 아궁이는 뜨겁게 타고 있다 장작 타는 소리가 나는 부엌은 문이 활짝 열린 채 아무도 보이지 않는다

볶은 콩을 담아 둔 바가지가 흔들리며 방에 놓여 있다
아이가 바가지 속을 드나들며 토벽을 바라본다 잠시 손이 멎는다
띠살문을 바라본다 납대대하게 두들겨 만든 쇠 문고리를 흔드는 소리
문고리에 묻은 흙 가루가 잘게 떨어진다
큰집 사랑채 툇마루를 적시며 흐르던 울음 조각이
아이의 마당 우물마루 위로 올라온다 가늘게
고개를 갸웃대며 방문을 밀고 아이가 나간다

큰집 쪽으로 뛰어 내려가는 아이와 내리막길이 아득하게 흔들린다
사랑채엔 사람들이 둥그렇게 모여 있다 어둡다 얼굴이
창백한 손들은 툇마루 난간에 떨며 걸쳐져 있다
길쭉한 듯 네모난 종이쪽지가 툇마루에 놓여 있다
무수한 눈동자들이 붙어 있는 종잇조각은 노르스름하다
되보고, 내려다보고, 바라보고, 들여다보아도
몇 번을 확인해 보아도 마당은 노랗다

두리기둥 위쪽 굴도리가 삐걱하는 소리를

큰집 돌계단을 내려오며 아이는 듣는다
툇마루 아래 섬돌로 흘러내리는 젖은 치맛자락들을 본다
송진 방울이 두리기둥에 무수히 맺혀 흐르고
띠살문은 반쯤 열려 있다
바가지 속 볶은 콩 껍질들이 부풀어 오른다
마당의 습기를 빨아들이고 있는 방
문설주 위쪽 신문지가 축 처지며 떨어져 내린다
쏟아지는 개미 떼

까마귀까마귀까마귀, 터진 활주로

순식간에 행복하게 까마귀가 활주로를 물고 늘어지고 한 까마귀가 활주로를 쪼아대고 아이는 기어오르고 창백하고 뻣뻣하게 아니 순식간에 굳은 넓고 퀭한 길이 터지고 겉은 마른 무쪽 쭈글쭈글 피부가 트고 곰팡이 슬고 기름때 묻어 누른 벽지 속 자갈들이 부글거리고 실핏줄이 팽창되고 폭발하고 문이 부서지고 갈라 터지고

까마귀까마귀가 활주로를 선회한다
검고 노란 줄무늬 쇠기둥이 길을 끊어 놓고
금지 구역, 일반인 출입 금지
쇠기둥 위에 까마귀가 앉아 날개를 번쩍거린다
길은 막혀 있다

죽은 줄도 모르고 아이는 자꾸 기어오르고 순식간에 행복하게 까마귀 날아오르는 활주로 옆으로 갔지 빈 들 저쪽 산중턱으로 벽이 둥글어지는 희끄무레한 빛만 남은 방, 단정하게 안으로 핏덩어리는 검게 식어 빠지고 그는 갔지 창백하게 그런데 웬 까마귀 떼냐? 햇빛은 꺾인 갈대를 흔들며 반짝반짝 무너지고 둥글고 단정한 집 속에 그는 그는 누워 있지 뻣뻣한 다리와 손을 묶은 광목천 썩고

있겠지 묽게 사라졌을까 길고 가느다란 손가락 마디마디
풀어져 뼈 몇 춤으로 갈대 뿌리에나 엉켜

까마귀 떼 치솟아오르며 난다
순식간에 행복하게 활주로 빛은 튕겨 올라가고
멀건 국물 속 수제비나 건져 먹으며
순식간에 우리는 싸늘한 사발이나 만지며
터진 활주로 위를 끝없이 걷고

나는 잠자리, 채 속에 갇혀

들 속으로 할아버지가 잠겨 들어간다 마당은 비어 있다 고요한 햇살들이 내려앉는다 싸리울을 흔들며 파르르 앉는 잠자리, 잠자리 잠자리가 아이가 잠자리 채로 잠자리를 잡는다 나는 잠자리, 채 속에 온몸을 흔들며 갇힌 채 고양이를 기다린다 고양이가 얼룩덜룩 온다 잠자리 채 속의 나는 노랗다 고양이 눈이 노랗다 고양이 이빨이 잠자리 눈을 먹는다 빠지직 나는 고양이 속으로 들어간다 달이 뜬다 아이의 잠자리채 속에 갇혀, 잠자리 날개 날개가 채 속에 갇혀 있다 나는 할아버지를 기다린다 들 속에서 달이 떠오른다

쌀과 누룩이 끓는 마당 바깥이 문득

곱살 무늬 창살에 매달려 있던
아이의 눈망울이 떨어져 사라진다 덧문이 닫힌다
마당에 깔리는 소리를 헤치고 우물마루 위로 올라오는
스르륵대는 소리가 있다 소리는 떨리고 있다 문이
흔들린다 덧문이 열린다 반쯤 열린 문 안쪽으로
아이가 보인다 얼굴이 발그스름하다

자줏빛 도는 독이 놓여 있다 독은 끓고 있다 둥그렇게 둘러쳐져 끊어질 듯 이어져 있는 빗살 무늬의 독 윗부분엔 아이의 작은 손자국들이 묻어 있다 거품이 솟아오른다 쌀과 누룩이 끓고 있는 방, 방울방울 터지는 소리들이 곱살문을 타고 마당으로 내려간다 발그스름하게 물드는 마당귀의 쇠비름이 꽃씨를 터뜨린다 복숭아나무 밭으로 날아가며 반짝이는 씨앗들과 나뭇가지들이 낮게 엎드려 마당에서 흘러 나오는 소리를 듣는다 아이는 술에 취해 자고 있다 부엌에서 할머니는 불씨를 다독인다 방은 뜨겁다 누룩 냄새가 마당 바깥으로 쉼 없이 스며나간다 나뭇가지들 아래로 햇빛이 휘어져 들어간다 복숭아나무 윗가지들이 떨린다

문득 환해지는 토담 바깥
복사꽃이 터진다
온통, 취한
구렁이가 무지개를 토해내고 있다

막돌허튼층쌓기

솟을대문 안을 들여다본다 병인년 유월 스무 아흐렛날 하회 마을로 흘러들어 간 나는 빗장이 비스듬히 걸린 채 열려 있는 마을을 본다 사랑채 아자각 난간 아래 동바리 세 개가 북쪽을 받치고 서 있다 막돌허튼층쌓기 사랑채 아래쪽 기단은 튼튼하게 쌓여져 있다 그러나 나는 사랑방 문이 흔들리며 움직이고 있는 것을 본다 돌쩌귀가 닳아 있다 흙벽이 푸석하게 부풀어 있다 두리기둥은 갈라진 틈을 내보이고 뒤란은 습기로 버섯을 키우고 있다 노란 풀더미 속엔 개구리가 말라 죽어 있다 열매 없는 대추나무가 잎사귀를 잘게 흔들고 있다 나는 솟을대문 바깥에서 아이의 노란 마당 안을 들여다본다 단발머리의 아이가 열려 있는 장지문 안에서 움직이고 있다 큰 버선 두 짝이 목침을 베고 누워 있다 아이가 버선 옆에서 사랑채를 하얗게 땋고 있다 아이는 곰실곰실 문살을 오르내리며 방안으로 들어와 걸어 다니는 햇살 속에 노랗게 묻혀 있다 길고 흰 수염을 땋고 있다 햇살은 겹겹이 쌓이고 있다 눈부신 댓돌을 바라보고 있다 아이가 목침 귀퉁이를 베고 잠들고 있다 뒷동산 도라지꽃 터지는 소리가 대청마루 바라지창을 밀고 들어온다 보랏빛으로 마당에 깔리는 도라지꽃을 느낀다 솟을대문 안으로 고개를 디밀어 본다 장지문이 반쯤 열려 있다 아이는 보이지 않는다 도라지꽃 속에 있는 할아버지 아직도 목침을 베고 자고 있다 장지문 살이 부러져 있다 사랑채 앞쪽에서 나는 고무신 한 짝이 어두운 댓돌 위에 놓여져 있는 것을 느낀다 방문이 덜컥거린다 흙벽에 불거져 나와 있는 돌쩌귀가 불안하다 막돌허튼층쌓기 기단 위쪽 사랑방 문이 왜 쉼 없이 흔들리고 있을까?

칼끝에 부서지는 빛

도마 위에 칼 한 자루와 고기 뭉텅이가 놓여 있다 창틀을 타고 빛이 가늘게 부엌으로 스며들어 온다 파 뿌리를 다듬으며 나는 가스레인지 아래로 검고 작은 덩이들이 재빠르게 기어 들어가는 것을 본다 골패 모양으로 파를 썰어 소쿠리에 담는다 고기를 저민다 왼쪽 검지 손톱이 어슷하게 반쯤 저며져 나간다 칼이 잘 들지 않는 듯하다 이가 빠진 것일까? 칼을 치켜 들고 살며시 칼날을 만져 본다 창틀을 타고 스며들던 빛이 문득 칼끝에 부서지며 고깃덩어리 위로 흐른다 흐르던 빛을 잘게 저며내던 나는 도마 가장자리로 밤나무 둥치가 잘려나가는 것을 본다 어둡게 칼 옆면에 손이 비친다 손톱을 잘근잘근 씹으며 밤나무 아래 앉아 있는 아이가 보인다 아이는 밤나무 둥치에 부딪혀 무수히 튕겨나가는 날카로운 빛을 본다 날렵하게 칼이 움직인다 털복숭이 껍질이 벗겨지고 있다 한 사내의 손이 어둡게 껍질을 벗겨낸다 발을 축 늘어뜨리고 개 한 마리가 밤나무 가지에 매달려 있다 툭 불거져 나와 있는 눈알과 끈적끈적하게 흐르는 액체 사이로 뜨겁게 김이 피어오르는 옹기가 밤나무 아래 놓여 있다 마른 밤나무 잎사귀들이 흔들리며 짖는다 노랗게 밤 몇 톨이 떨어져 옹기 옆으로 굴러간다 마당엔 커다란 가마솥이 내걸리고 저녁 잔광이 솥뚜껑 위로 번쩍이며 흐른다 할머니가 불을 지핀다 자욱한 연기의 마당이 활활 타오른다 가마솥 뚜껑이 비스듬히 열린다

곱게 고기를 다진다 가스레인지 파란 불꽃이 솥뚜껑을 밀어 올린다 나는 솥뚜껑을 열어 본다 부글부글…… 툭, 불거진 눈알들이 끓고 있다 스며들던 저녁빛이 붉게 손등을 타고 도마 위로 쏟아져 내린다

붉은 쥐

물이 졌다 할아버지는 닥나무 숲에서 쥐 아홉 마리를 잡아 왔다 아홉 마리 눈 뜨지 않은 쥐들은 햇빛에 찔려 마당에서 죽었다 마당으로 닥나무 숲 그늘이 길게 뻗어 올라왔다 그리고 또 비가 내렸다 곳간이 조금씩 허물어지고 곳간 허물어진 처마께 아롱아롱 거미줄이 걸렸다

햇빛이 돌돌 거미줄 속으로 말려들어 갔다 날은 흐리고 마당은 범람하는 어두운 강이었다

붉은 물이 지나간 뒤 할머니는 토담 아래 맨드라미 씨를 또 뿌렸다

맨드라미

낮은 토담 아래로 마을의 그늘은
압지 속으로 빨려드는 물처럼 흔적 없이 사라진다
마당은 샛노랗게 정지되어 있다
토담 아래쪽, 목마르게
열려 있는 마당 가장자리로
검정 개 한 마리 재빠르게 스며든다

하늘 속으로 토담 아래 그늘을 빨아들이며 푸른 잎이 돋는다

돋는 푸른 잎 위에
막, 잘라 얹어 놓은 개 대가리
붉은 그늘 번득이는

가죽나무가 고추장 속으로

가죽나무 꼭대기로 할머니가 동당동당 고추장 단지를 들고 올라간다

가죽나무가 고추장 속으로 박힌다

나무들이 솟는다 고추장 속으로 푸하하하

쏟아지는 꽁보리밥 얼럴럴

놋숟가락 대접 속에 물 한 사발

햇빛은 켜켜켜

물속으로 꼬르르 내려간다 기포들이 위로 올라가 통통 터진다 눈을 뜬다 환한 속,

물방개 뒷다리가 살랑살랑 길을 트고 있다 햇빛은 켜켜켜 물 위로 내린다

모래들이 모서리 굴리며 뒹군다 물풀 사이로 내비치는 하얀 배때기, 비늘에 꽂히는 햇빛, 가늘게 지느러미 흔들린다 징거미 투명한 살 속으로 햇빛이 통과한다 모래들이 반짝 엎어진다

눈알만 까맣게 물속으로 동동 흐르는 물고기 떼 위로 햇빛은 켜켜켜 내린다

장마는 아이들을 눈뜨게 하고

쉼 없이 비가 내리고 있었어요
장독마다 물이 가득 차 있고
아이들이 물에 잠겨 있지 뭐예요
아가씨, 이상한 꿈이죠

아이들은 창가에서 눈뜨고
냇물을 끌고 꼬리를 흔들며 마당가 치자나무 아래로
납줄갱이 세 마리가 헤엄쳐 온다
납줄갱이 등지느러미에 결 고운 선이 파르르
떨린다 아이들의 속눈썹이 하늘대며 물 위에 뜨고
아이들이 독을 가르며 냇가로 헤엄쳐 간다
독 속으로 스며드는 납줄갱이
밤 사이 독 속엔 거품이 가득찬다
치자 향이 넘친다

그건 사실이 아니잖아요

새언니, 그건 고기 알이었어요

냇가로 가고 싶은 아이들의 꿈속에 스며든 것일 뿐

장마는 우리 꿈에 알을 슬어 놓고
아이들을 눈뜨게 하고
향기로운 날개를 달게 하고
아이들은 물속에서 울고불고 날마다
빈 독을 마당에 늘어 놓게 하고

흐르는 할머니

수박을 들고 물렁한 논두렁길을 지나서 아이들이 긴 방학 속으로 들어간다 개밥풀에 운동화 끈을 적시며
돌다리를 건너서 간다
할머니 촉촉한 밥상가로 햇살을 몰고 간다
노란 마당으로 뽀르르르르

된장떡 내음이 처마 끝에 매달리고
뒷뜰 배나무 이파리엔 작은 쥐 발자국들
달디단 배가 부푸는 여름밤은 차갑게 물가에서 첨벙거린다

온종일 숲속을 넘나드는 아이들 몰래
할머니의 광, 쌀독 옆 빈 단지들 속에 그렁그렁
눈물이 차오른다

수박 씨앗들은 시냇가로 맴돌고
종이 상자 속 나비들과 아이들은 돌다리를 건너간다
아이들 뒷모습을 지켜보는 시냇물 소리
단지들이 돌다리 위에 퐁퐁 터지고 아득히 돌다리 위를 흐르는 할머니
아이들 발뒤꿈치를 반짝이며 적시는

박우물

둥글게 내 볼을 파갔어, 박바가지였어
그래도 있잖아, 새색시였어
이쁘게 들여다보는 새벽이었어
떨려 온몸이 파들거렸지 뭐

하늘이 몇 번 우그러지고 펴지고 그랬어

물무늬

징검다리를 딛고 물을 거슬러 올라간다
짧은 치마의 한 아이 다리가
물가로 번지며 커지는 동그란 물무늬를 만들어낸다
골뱅이들의 무늬가 가득한 물속

물무늬를 헤아리던 아이가
물속 무늬를 지우러 물에 잠긴 바위로 간다
그러나 골뱅이만 주워낼 뿐, 무늬의 어둠을 못 보는 아이
냇물 위에 짙게 그늘을 내리는 산자락이
희고 창백한 아이의 다리를 반쯤 가린다

잘게 흔들리며 비치는
미루나무 잎새 사이로 골뱅이들이 기어가고
잔잔한 물속을 다 큰 내가 들여다본다
문득 물소리가 들리지 않는다 물속 무늬들이 사라지고
상류 쪽 수면이 갈라지는 것이 보인다

더욱 어두워지는 냇가,
기다란 물무늬 하나가 아이의 다리 쪽으로 스미듯 향한다
미루나무 잎새를 하얗게 가르며 사라지는

물뱀의 모가지

징검다리 위에서 내가 비칠하는 사이
그 물뱀도 냇가에는 이미 아이의 다리도 보이지 않는다
새벽 안개가 걷히기 시작하는 징검다리 위에
채 마르지 않은 작은 물·자·국·들만 선명히 남아 있다

퉁가리

몽탄강 마른 뻘 흙 위를 장마가 때리고 지나간다
박태기 꽃 흐득흐득 지고
독 가시 품고 적토색 아름다운 물고기
빗줄기 타고 날아와 낙동강 물풀 아래
미끄러져 숨는다

살그머니 물풀 열어 밀고 다가간다 할아버지
퉁가리에 쏘였다
낙동강 기다란 손가락 물고 퉁가리
놋대야 속에 갇혔다 몽탄강 뻘 흙 적토색 아름다운
박태기 꽃 후두둑 진 장마 끝에
할아버지 죽었다

색연필

물고기를 그려 본다
몽땅한 시간을 주워 들고
나는 낡은
안테나 아래 앉아 있다
잘 그려지지 않는
바래어진

뽀얀 발뒤꿈치들이 달아난다 연두의 시간 속으로 강이 흐른다 강가에서 아이들이 물고기를 그린다 세모를 그린다 그린 세모를 모래톱에 뿌리며 발뒤꿈치들이 달아난다 기우뚱 세모들이 물고기 눈 쪽으로 흘러간다

모래톱을 거슬러 올라간 아이들이 강물 속에서 재잘거리며 명랑하게 물고기로 떠내려온다

강 아래쪽,
안테나 아래 앉아 있는 나는
하얗게 바랜
잘 그려지지 않는
시간을 만져 본다

누치,

사범대학 생물학 교실 양홍준 씨는 지산동 44호 고분에서 출토된 토기 속에 담겨져 있는 어류의 뼈를 조사하고 있었다. 그는 망자의 기호품이거나 순장의 풍습에 의해 매장된 물고기들의 뼈는 기원후 5세기경의 것으로 추정되며, 서서히 그리고 규칙적으로 부식되어 온 누치의 뼈임이 분명하다는 긴 보고문을 작성하고 있었다.

서서히 규칙적으로 물은 맑아지다가 줄어들고 또 흐려지다가 불어났다 할아버지는 불어나는 물속으로 뛰어들어 고기를 낚아 올렸다 1,500년의 긴 세월 동안 나는 냇가로 갔다 고추장 종지를 들고 할아버지를 따라다녔다 할아버지는 부레를 떼어내며 고기를 낚았다 서서히 규칙적으로 나는 고기를 잘 먹을 수 있었다 내 허파는 서서히 불어났다 내 숨소리는 붉은 고추장 빛이었다 1,500년의 긴 세월 동안 할머니는 고추장을 담갔다 흑룡강 이남, 만주 곳곳의 하천, 낙동강 오뉴월에 누치들이 살았다 서서히 규칙적으로 1,500년의 긴 세월 동안 할아버지는 고기를 낚았다 나는 고추장 종지를 들고 고령 지산동 고분 44호 오뉴월 무덤까지 할아버지를 따라갔다 무덤 속에서 할아버지는 철버덩철버덩 물속으로 뛰어들고 할머니는 고추장을 담갔다 나는 할아버지가 흑룡강가로 올라가서 맛있고 연한 고기를 잡아 오기를 기다렸다 부레를 떼어내고 한 쌍의 수염도 떼어내고 던져주는 고기를 기다렸다 나는 달콤한 누치를 맛보고 싶었다 1,500년의 긴 세월 동안 나는 고추장 종지를 들고 있었다 오뉴월 뙤약볕에 종지 속 고추장이 뽀글뽀글 부풀어 올랐다 서서히 규칙적으로 할아버지는 철버덩철버덩 물소리만 던져주었다

어린 임금의 젖니 같은

문득 잠에서 깨어나 머리맡의 시계를
들여다보면 4시다
요즈음 나는 조금은 피곤하고 지쳐 있는 듯하다
문득 잠이나 피곤을 떨치고 책상 귀에 기대 앉아 바라
보는
이 고요로움 또는 쓸쓸함 속에는
가랑비나 눈물방울 같은 것이 묻어 있다

책상 귀에 쌓이는 먼지를 느끼거나
가랑비가 창유리를 짧게 적시는 그런 날은
잠에서 깨어나 쓸쓸함 곁으로 다가가 앉는다
2,000여년 전 압독국의 흙먼지 같은 것에나 묻어 있을
쓸쓸함에 이끌려 옛 무덤을 찾아간다

옛 무덤은 전화기 앞에 홍건히 나를 풀어놓게 하거나
또는 건조한 흙더미 쪽으로 기울어지게 한다
4시에 문득 잠에서 깨어나는 날 나는 무덤 속 같고
어린 임금의 젖니 같은
가랑비나 눈물방울의 부드러움 속으로
쓸쓸하게 가라앉는 나를 바라본다

부드러움이 쓸쓸함 속에 고여 있음을
낡은 잠 끝에 앉아서 본다

줄무늬

면도날을 준비한다 무료하다 단추 없는
줄무늬 옷을 입고 사다리를 타고 나는 5층 내 방을
빠져나간다 바깥으로 좁게 가을 들판 쪽으로 나 있는
길을 따라간다 단추를 줍고 싶다 날아다니는
갈색 방아깨비 줄무늬 겹눈을

떼떼떼떼떼떼떼떼떼 방아깨비가 열어 놓은 들판 속으로
아이들이 떼 지어 들어간다
끄덕끄덕 흔들리는 숲이
초록의 아이들이 곧게 미끄러지며
줄무늬로 방아깨비 겹눈 속에 쌓인다

방아깨비 겹눈 속, 아이들의 들판을 본다
가을이 스며드는 겹눈 속엔 지친 아이들이 줄무늬로 잠
들어 있다
갈색으로 면도날 속에 숨어 나는
더듬이를 타고 방아깨비의 가을 속으로 내려간다
아름다운 가을 눈을 도려낸다 엄지와 검지손가락 사이로
줄무늬 가을 들판을 만져 본다 매끄러운 단추 같은
아이들이 잠든 들판을 모두 떼어온다

멀미

곶감 단지 속으로 함박눈이 내린다
어찔머리의 하얀 아이들
자박자박 눈길을 지나 곶감 단지 속으로 들어간다
단지 속, 화톳불을 다독이며 할머니
아이들을 기다린다
어찔머리의 버스가 길을 뭉개며
마을을 빠져나간다

잠재적 위협

당시 중국인은 줄잡아 6,000만 명으로 수적으로만 보아도 잠재적인 위협이 아닐 수 없었다…… 12시 호텔 크리스털 볼룸이야, 꼭 나와라 며칠 뒤 20일날은 미국으로 들어가야 한단다 신랑 따라…… 나의 눈은, 책 266쪽 몽고의 중국 지배 위에 머물러 있고 내 귀는 크리스털 볼룸의 결혼식 쪽으로 기울어지며 열린다 수적으로만 보아도…… 전화기 속, 결혼식은 잠재적인 위협이 아닐 수 없다 결혼은 수적으로만 보아도…… 몽고는 중국 지배에 실패했다…… 결혼은 크리스털 볼룸 그래 고마워…… 갈게…… 부모님들께 결혼은 고마운 일이지 몽고는 중국 지배에 실패했다 잠재적인 위협의 사람들과 유리알 같은 신부의 결혼은…… 모험의 투명성을 잘라내는 위협은 아닐까? 수적으로 보아도 잠재적인 위협인 결혼은…… 전화기 속으로 몽고족의 말발굽 소리가 낮게 잦아드는 것을 느끼며 나는 전화기 끝, 세상 속으로 열린 귀를 닫는다 잠재적 위협 쪽으로 언제나 열려 있는 것은 내 귀일까? 나는 내 귀를 잠궈야 할까…… 몽고족은 실패했다 대륙으로 열린 266쪽의 책을 덮으며 나는 비스듬히 기울어지는 나를 느낀다

백통 가락지

길은 번득이는 듯도 하고 얇은 그늘이
몇 겹 스민 듯하다 어둡다
나는 눈을 내리감는다
박쥐 한 마리가 머리 위로 빙빙 선회하며 맴돈다
눈을 내리뜨고 나는 걷는다 상점 골목을 빠져나와 텅 빈 채
길 위로 마른 나무 그림자들만 어른거리며
잘게 흔들린다

백통 가락지였다 박쥐 문양이 음각된
가락지였다 쇼핑센터 5층 전시실은 옛 여인들의
체취가 조각조각 진열장 속에 놓여 있었다
나는 박쥐 문양이 새겨진 백통 가락지였다
한 조각 하늘 같은 백통 가락지를
훔쳐 오고 싶었다

백통 가락지를 끼면 복이 그냥
굴러들어 오게 될지도 모른다 기막히게 복된 나날이
쇼핑센터의 5층 전시실에서 옛 여인들의 가락지를 다시 둘러본다

전시실은 비어 있다 백통 가락지 속
박쥐를 본다. 박쥐가 복신의 사자라니!
주위를 둘러보며 나는 가만히 노트 속에
박쥐 한 마리를 그려 넣는다

진열장 유리가 순간 번득인다
반쯤 솟을대문이 열리며 할머니가 언뜻 진열장 속
안마당으로 사라진다 솟을대문 밖으로 소리들이 왈칵
쏟아져 나온다 대청마루에 사람들이 모여 있다
마루는 그늘이 비껴져 흐릿하다
진열장 유리에 얼핏 마룻장 한 켜가 날카롭게
치켜져 올라와 있는 것이 보인다
잔칫날이 보인다

대청마루에 사람들이 모여 있다
빙빙빙 어린 신랑의 발을 묶어 대청마루 위로 끌고
돌아다니며 장난치는 몇몇 사내들이 보인다
웃음소리가 몇 소쿠리 쏟아진다 개다리소반 술잔들도
엎질러진다 잔칫날이다 떠들썩하게
사람들이 모여 있다

대청마루 가장자리 마룻장 한 켜가
그늘에 가려진 채 날카롭게 치켜져 올라가 있다
날카로운 마룻장, 마룻장이 보인다 싸늘하게 소리들이
안마당을 찢으며 흩어진다 늘어져 축 처지는 마당
마당이 보인다 노랗다 잔칫날을 가르는
진열장 속을 들여다본다 마당귀에 흥건히
핏물에 젖은 맨드라미가 번득이고 있다

진열장 속을 나는 다시 들여다본다
견고하고 투명한 유리 속엔 박쥐 문양이 음각된
백통 가락지가 놓여져 있을 뿐이다
재빨리 비어 있는 전시실을 빠져나오며 나는
대청마루. 날카로운. 백통 가락지 속 음각된 박쥐.
박쥐, 박쥐를 생각한다

어둡다 길은
번득이는 듯도 하고 얇은 그늘이 몇 겹
스민 듯도 하다 나는 이끌리듯 다가간다
환하게 금은방 상점이 늘어서 있는 길 쪽으로
물끄러미 진열장 속 반지들을 본다

불빛 속에 몽롱하게 반지들이 둥둥 떠 있다
문을 밀치고 안으로 들어가고 싶다
더듬거리며, 저어…… 백통 가락지…… 박쥐 세 마리
새겨 주시겠습니…… 값은 얼마나
박쥐 세 마리라니! 상점 주인이 웃을까
몰래 그려 둔 박쥐를 나는 보여주어야 할까
박쥐 문양을 음각해 주시겠습니까?
세 마리만요, 백통 가락지 속에

겹유리창에 구두주걱이

창이 조금 열린 것인가
무언가가 덜커덕거린다
길쭉하고 투명하게 막대기 같은 것이 창틈 안쪽으로 걸린 게 보인다

겹유리창 바깥 하늘은 어슴푸레
어둡다 바람이 흔드는 길이 구두주걱 바깥으로 놓여
창틈 사이로 쉼 없이 흔들리며 보인다
구두주걱을 흔드는 것은 그럼 길인가
먼지바람이 분다

매캐한 내음이 방 안으로 쓸려온다
재나 쓴 씀바귀 같은 길이
구두주걱 바깥에 놓여 있다 검은 내음이 풀풀
날려와 창틈 안쪽에 흩어진다
보고 있다 나는 다만
안쪽에서 흔들리는 휘돌아 놓인 길을 본다
창틈으로 마른 감나무 잎사귀도 보인다
길은 거무스레하다 누군가가 스탠드 불을 낮게 켜 두고 방 밖으로 걸어나간다

구두주걱이 흔들린다

도포 자락 같은 길
강 하나 휘돌아 길 끊어질 듯 보인다…… 띠살문이 강
저쪽으로 열린다…… 구두주걱이
……자주 옷고름 흐트러진 댕기 머리의 여자가
기름진 고깃덩어리를 뜯으며 허기를 연다
벽들이 우들두들하고 기름때가 흐르는 토방 띠살문에
구두주걱이 검게 어린다
강물 위로 기름이 뜬다

흔들리는 구두주걱의 꿈인가…… 지게목발의 사내가
가마솥 속에서 삶은 고깃덩어리를 건져 올린다
토방 띠살문에 걸린 구두주걱에 기름 방울이 스며든
다…… 꿈이 흔들린다 구두주걱의 휘돌아 놓인 길이
아궁이 속에서 길이 연기를 내며 탄다 낡은 구두 타는
내음
지게목발의 사내가 아궁이 속에 짚신 꾸러미를 던져 넣
는다
띠살문 안쪽으론 흐릿하게 여자가

놓여 있다 연기가 피어오르는 창틀 위로
흔들리는 구두주걱이 걸려 있다

띠살문이 열린다 무언가가 심하게 덜커덕댄다
구두주걱? 여자가 끌려간다 팔순의 노인이 댕기 머리 여자를 끌어안는다
길은 휑하고 강물은 검다

지게목발의 사내 울음이 꺽꺽 강가로 번져나온다
거대하게 부푼 노인의 길쭉한 길이 가득 채워지고 있는
강물 속을 사내가 바라본다
지게목발이, 부러진 구두주걱이 강물 위로 떠오른다
감나무 가지 어두운 하늘 속에
꺾인 사내의 길이 덜렁 늘어뜨려진 채 걸린다

겹유리창 바깥 하늘이 어둡다 구두주걱의 시간이 스며드는

노인은 팔순이 되도록 정정하기만 했다
사랑채로 드나드는 상 위엔 고기반찬이 더 늘어났다

굶주린 어린 종년도 잘 먹였다 그러곤 그 포동포동한 댕기 머리를 사랑채 장지문 속으로 집어넣었다

마당은 분주한 듯 좀 어두워지는 듯했다

짚신이나 삼고 나뭇짐이나 해대던 떠꺼머리 종놈의 모가지가 감나무 가지에 덜렁대며 걸린 것도 같은 날 그믐밤이었다

먼지바람이 인다

감나무 가지가 부러질 듯 휘어진다

구두주걱이 흔들린다 창을 열고 누군가가 들어오는 듯하다

다가오는 구두주걱

폐허다 짚신의 검은 재가 덮인 강 같은

감나무 가지가 부러진다 퀭하게 눈 뜬 노인이

노인이 강물 위로 허옇게 떠오른다

그믐날이었다

띠살창으로 먼지바람만 드나든다

마당엔 씀바귀만 무성하게 돋아 오르고 있을 뿐이다

그래 그건 낡은 꿈이었을까…… 구두주걱의 흔들리는

길도 하늘도 바람 같은 것에 쓸려간 뒤
방 안에 낮게 불을 켜고 앉아
창 가장자리에 걸린 구두주걱을 본다
찾아올 누군가를 기다리듯 낡은 구두주걱이
흔들린다 겹유리창 안쪽으로

불에 탄 어금니

미궁 같기도 하고 꼭대기 같기도 합니다.
할머니, 저는 늘 잘 보이지 않는
저를 기록합니다

소방관들의 검은 옷이 물에 젖은 채 부풀어 있습니다
얼굴은 타 버린 재였습니다
몸뚱아리도 없는, 재로 씻겨 내려가는 꿈인지
아득하게 저는 걸어 들어가고 있습니다
옷들이 불탄 집 계단에 널브러져
제 여윈 발목을 휘감습니다 할머니, 괴인 물 그 계단 끝에 닿습니다
온통 무덤투성이입니다
그을음 묻은 어금니만 괴인 물속에 희끗희끗 놓여 있습니다

그을음 묻은 어금니가 있는 이 끝은
짙은 그리움이 타다 만 자리인 듯도 합니다 할머니
기록할 수도 없는

맨드라미 속

습한 그리고 곰팡이 내음 같은 것이
안에 고여 있다
손끝이 아프다 저미듯
떨려오는 어둠이 섞여 있는 방
일어나야 한다 나는
언제부터 창을 안으로 잠궈 두었던 걸까
이불은 무겁게만 느껴지고 눅눅하다
앓는 몸을 일으켜 나는
발그레 돋는 듯한 창 쪽으로 다가간다
아직도 따스하게
손끝에 묻어나는 미열을 느낀다
미열을 앓은 것은 창이었을까

나를 스치고 지나간
우뢰와 비 끝으로 돋아 오르는 시간, 그 깊은 속
붉디붉은

붉은 칼국수

산 아래 묻힌 자들이 무르익어 부푸는
첩첩 능선
큰 강물처럼 능선을 감싸며 서쪽 마당으로 흘러드는 노을 속
자두나무 가지가지 물이 든다
평상 마루 아래 흰 고무신 노을 흐르는 속으로
땅강아지 떼 날아들어 잠기고
밀가루 보얗게
사립짝으로 몰려드는 어둠을 쉼 없이 밀어내는 할머니
마당귀 나뭇가지들은 불타듯 열매를 뿜어낸다
우리는 칼국수를 먹는다
뜨거운 열매 익는 내음 맡으며
홍두깨에 말린 겹겹 노을 썰어 내놓는
한여름 저녁
길고 붉은 능선을 먹는다
거친 멍석 깔아 놓고 뜨겁게 둘러앉은
마당 그리운 무르녹는 노을 속

초나흘 달빛

일렁이는 나무 속 어둠이 엉기듯
부엉이가 운다
피바람의 끝 자락이 지나간 길이 번득 드러나는
북쪽 담장 뒤편 탱자나무 울타리 둔덕 상추 밭 속에
아이들이 썩는다
마을의 등잔불이 껌벅 젖는다
기름이 번지듯 둔덕의 북편 나무들이 쓰러진다
무너져 내리는 흙더미 속에
앙상하게 잘디잔 이빨을 드러내는 두개골
푸르스름 달빛 풀리는 수선스런 밤
어둠을 토하듯 부엉이가 운다
싸늘하게 초나흘 달이 걸려 있는 마을에

검은 모래톱

눈부시도록
검게, 아득하게 펼쳐진 모래톱
깜장 고무신 한 짝이
하얗게 놓여 시냇물을 담고 있다

고무신 속,
모래톱을 달려와 발을 적시며 붐비는 햇살들과
그늘 쪽으로 몸을 숨기는 피리 새끼 몇 마리
문득 시냇가 둔덕 위로 맴도는
그림자 하나

고무신 속에 떠 있는 구름을 덮으며
쏜살같이 날아가는, 아이를 낚아챈
그림자가 사라지고
숨막히게,
아득하고 검은 모래톱

저편,
사립짝 위
고무신 한 짝이 거꾸로 매달려 달랑거리고

어드그네 마당 멍석에
널어놓은 산초나무 열매가 마구 흩어져 있다

붐비는 늑대

그런데 그것은 숲이라고 말할 수도 있다
무성한 어둠의 깊이에 그것은 머문다
그것은 또한 대낮이라 불러도 무방하다 그런데
그 대낮의 빛은 살해를 예상하는 기운 속에 위치하는
어둠의 숲과 정밀하게 교직되어 있다 그러나
그것은 점점 커지고 불어난다
그리고 숲을 이탈하게 된다 입가에 붉은 피를 묻힌 채
열나흘 달빛을 밟고 신발 붐비는 현관문은
거치지도 않고 안방 소반 언저리로 바로 온다

요즈음과 같은 세상에
그것이 숲을 이탈하는 것은 과연 가능한 일인가
숲은 너무 어둡고 무성해졌어
산에 갈 땐 이제 조심해야 해
숲이 그것을 이탈하는 것은 불가능한 일이 아닐까
열나흘 달빛은 베란다 철제 난간에 부딪혀 쓰러지듯
가늘고 긴 그림자를 방안에 드리운다
집 안에서 잘 보호된 채 둘러앉아 있는 여자들의 안방
에는
소반이 둥글게 놓여 있고 시끄럽다

산 도라지 삶는 내음이 비릿하게 밀려와
소반가에 흩어진다

가지런하게 수십 개의 송편이 놓여지기 시작하는 소반
대낮에 그것도 여자를 산 도라지 캐던 여자를
여자를 습격해 그것도 내장을
소반 위에 송편, 속을 넣는 손과 손
겹겹 희고 잘디잔 지문 위로 손과 송편
그것도 내장을 파먹었더란다 그것은 점점 커지고 불어나
무성한 숲속에선 나무를 꽉 껴안고 배를 딱 붙이고
매달려 있으면 대낮에 그것에게 내장을 파먹히진 않아
송편 속, 버무린 깨고물 콩고물 한 숟가락
떠 넣으며 아이고 그것도 대낮에 숲길을 빠져나오는
여자의 잡다하고 우글거리고
한없는 내장을 파먹고 엎어 놓았더란다
그것은 점점 커지고 불어나 입 언저리나 방의 도처에
널리기 시작한다
송편 속 넣는 손들이 멈칫멈칫 부서질 듯 아이구 세상에
저 저런 그래 산 도라지 캐러 갔던 여자가
요즈음 세상에 그것이 나타나다니

숲은 우거져 완전한 살해의 공간이 된다
음산하고 장엄하게 그것은 점점 커지고 불어난다

산에 갈 땐 조심해야 해
누렁개 같은 그것이
나타나면 큰 나무둥치에 배를 바짝 들이대고 나무를
껴안고 정신을 똑바로 차리고
산 도라지 팔러 나온 여자가 말이다 자기 이웃 여자가
팍 꼬꾸라져 내장을 다 파먹힌 채
송편 속 파먹듯 그것이 숲속에서 말이다
누렁개 같은 그것을 만나면 나무를 꽉 껴안고
정신을 똑바로 세우고 고독하고 수척하게
그렇게 있어야 한단다 풀쩍풀쩍 뛰어오르다 지칠 때까지
소반 위에 송편 가득 보름달 뜨기 전

숲은 음산하고 장엄해져서는 살해의 완전한
장소가 된다 피 묻은 산 도라지 바구니 엎어진 숲길
섬찟한 풍경을 지문처럼 지니고
그것은 점점 더 커지고 불어난다
달빛이 밀어 넣고 가는 철제 난간 그림자 안쪽에

원 세상에 쯧쯧, 송편 속과 함께 섞이는
보호된 흰 손과 손들이 빚어 놓은 소반 가득한
명절과 신발 붐비는 그런 날 바깥에 숲은 위치한다
비릿하고 아리한 산 도라지 내음 같은 것과 뒤섞이며 그것은
도처에서 위험스럽게 다가와 살해를 예상하는 기운 속에 있다
숲속 또는 숲을 이탈하여 그것은 보이지 않게
점점 더 가까이 오는

그것은 숲이라고 말할 수도 있다
무성한 어둠의 깊이에 그것은 머문다
그것은 또한 대낮이라 불러도 무방하다 그런데
그 대낮의 빛은 살해를 예상하는 기운 속에 위치하는
어둠의 숲과 정밀하게 교직되어 있다 그러나
그 그것은 점점 더 커지고 불어나
어둠과 빛 속을 질주해서 우리에게 스미듯 보이지 않게
그렇게 온다

겹쳐 흐르는 물

폭우 쏟아지는 바깥
짙은 초록의 나무들이 퍽퍽 창유리에 즙처럼
녹아내리고 있다 거듭하여
물은 내 안쪽에서도 넘쳐나온다
안팎으로 끈끈하게 겹쳐 흘러 범람하는
누르끄레한 그 아래
젖은 채 누군가가 죽어 있는

잠

없는 속이다 아무도 찾아와 줄 수 없는
우기의 숲속 같은 안으로 난 길은
질척이는 진흙 세상 흉하고 험한
여윈 몸을 눕히기엔 밖의 길 또한 짧다
이 우기의 숲속에서 나는 쉰다 길고 긴 비에 젖어
가슴 안으로 빗줄기를 심는다
누군가 내 잠 안으로 주인 없는 수레를 들여보낼 때도
있다
비어 있는 듯한 수레 안 거적을 들추어 보면 늘
마른 나뭇가지 같은 사마귀의 시체들로 가득하고
나는 그 위에 실을 것이 없다
안팎으로 흉하고 험한 길 위의 내 잠은 짧고
비는 쉼 없어 숲은 밀폐된다
흙들만 서로 엉겨서 부푸는 쉰내 나는 속으로
떨어지는 먼지 내음만 드문드문
없는 속이다 아무도 찾아와 줄 수 없는
약간의 습기만 손끝으로 배어나오는
허전한 속이다

안쪽으로 부는 바람

열려 있는 창으로 바람이 밀려들어 온다
커튼이 몇 겹 펄럭이고
휘어져 떨리는
빛이 어두운 창 쪽의 방을 비스듬히
둥글게 드러낸다

내다보이는 호수는 일렁이지 않는
텅 빈 허공과 맞닿아 있다 창밖은 텅 비어 있다
둥글게 커튼이 내려진 채 펄럭인다
어둔 방을 여는 빛 위로

가느다랗게 죽은 나뭇가지 그림자 몇 겹
비껴져 놓인다
빛이 방을 비스듬히 둥글게 드러낸다
호수 쪽에서 간간이 거친 바람을 열린 창으로 밀어 넣는다
방은 그러나 가장자리 파닥이는 빛을
둥글게 감싸안고 있다
그래 어두움의 끝은 언제나
둥근 빛의 일부와 아릿하게 맞닿아 있는 것일지도 모른다

커튼이 몇 겹 내려진 채 펄럭인다
텅 빈 방 또는 허공
궁금한 그 안쪽
어둠의 언저리에 누군가의 목소리가
나뭇가지 마른 그림자 위로 파들파들 떨리며 놓인다

섭씨 8,900도 가량

회백색,
무늬가 없는 것도 많지만 방망이로 표면을
두드려 낸 꼰무늬 문살무늬
끝이 뭉툭한 무늬
와질 토기
메모한다 얼핏 와질 토기를 구워내는
8,900도 가량의 순간을 짧게 새겨나가듯
도가니 속 불기에 훅 휩싸이듯 쓴다

오그라지며 가벼워진 낙엽들은
낮은 골목 여인숙 뜰로 쓸려가 모인다
춥다 국립 경주 박물관 뜰을 지나 구석 편으로 거리는
회백색으로 구워진 듯 열려 있다
지난 계절의 불 향기가 이 고도의 구석과 모퉁이들을
휩싸고 돌았던 것일까
질박한 와질 토기 한 점 구워내듯
박물관 종소리는 비어 있어 허전하고
낯선 이국인 몇몇 창백하게 쓸려 다니는 거리
그 길 끝자락은 장의사가 열어 놓은
낮은 미닫이 문 쪽으로 나아가 닿아 있다

반백의 널집 늙은이가
허연 목관 위에 검붉게 몇 겹 옻칠을 하고 있는
길 끝을 바라보며 나는
섭씨 8,900도 가량의 뜨거움 속, 끝이 뭉툭한 무늬를 새기며
질박한 와질 토기 한 점으로 구워지고 싶다
불 향기에 훅 휩싸인 채

파피리

자진 한 닢 깨물고 풀고 피리리리
피리 소리 속에 아득 아뜩 흘러드는
아리고 쓰린 파밭 그늘 구불텅 꺾이어
도드리 장단 달빛 스르르 둥둥 물결 위에
은비늘 고기 떼 피리 새끼 으랏차차차
하늘 속 검은 산그늘 뭉그적
밀려드는 아이들 아리쓰리 파밭 피리리리
싸아한 향기 눈물 자진 한 닢
깨물고 풀고 파 뿌리 뭉그적
마을을 휘돌며 감싸는 한 닢 파 냄새

퇴침

퇴침에도 서랍이 딸려 있다니
골동품상 주인이 열어 뵈 주는 세상
조그마한 서랍 달그락 열리는
게 뉘기요?
불발기 창가로 누가 그렁그렁 다가온다
흐린 바깥은 깊은 하늘
눈이 내린다

게 뉘기요? 퇴침 서랍 가득한 먼지를 여니 할아버지 방문이 흔들
깊은 잠을 털 듯 일어서는 띠살 문고리 보인다
팽팽하게 무명실에 걸린 아이가 댓돌 아래로 구른다
볼을 움켜잡고 그렁그렁 아리아리 쌓인 눈을 쓸며 지나가는 아이
눈 위로 몇 점 맨드라미 꽃이 떨어진다
서랍 속으로 내리는 눈, 게 뉘기요?
성성한 눈발의 할아버지 기침 소리 들린다 눈이 내린다
아이가 사라진 마당

무명실 한 가닥이 문고리에 꼬여진 채 눈부시게 날리고
은니 색 불발기 창 밖은 깨끗하다

피어오르는 할아비

……수가 있었다 아직까지도 맡을 수가
있었다 비걱이는 돌다리의 마을
굵은 강줄기 흐르는 땅으로 걸어나가는 사람들의 뒷모습 같은
내음이 머물게 하는
아득하고 깊은 아래서 검은 듯 푸른 듯
기어오르는 이끼처럼 얽혀 올라오는 내음을
맡을 수가 있었다
짚단 썩는 내음을

할아비는 엮고 있었다
끌고 다니다 버리면 거름이 될 것을 마당 가득
엮었다 굵고 흐린 회색의 눈자위로
마을은 우기의 숲이 되거나
사람들이 몰고 온 전쟁 위로
척박한 흙내와 피를 피워 올리곤 했다
흙벽과 재들이 섞이며 봉창으로 들이치고 천둥 아래
서까래 기울고 죽어간 사람들 위로
그을음이 떨어져 내렸다
할아비는 엮고 있었다 자식새끼들이

뿔뿔이 흩어져 나간 흙바람 길 끝을 바라보거나
강을 돌아 들어오는
몇 줌 흰 재의 피붙이들을 흩뿌리며
말없이 짚신을 삼았다
손바닥은 터실터실
갈라지는 논바닥
층층 밭고랑 마른 콩깍지처럼 터졌다

회색의 눈자위로 벙글던 할아비의
짚신 삼던 마당
해마다 되살아나는 맨드라미만 아프다
깨진 사발처럼 지붕 엎어진 집터에
쇠뜨기며 잡초 무성한 사이로
그 내음을 맡을 수가

……수가 있었다
맡을 수가 있었다 질기고 끈끈한 회색의 비가
내리듯 깊고 음울한 내음
층층 겹겹 시간 아래로
할아비 족속의 가늘고 긴 행렬을 볼 수가 있었다

광포한 흙바람에 싸이거나 눕거나 하는
음울한 내음을
차가움이나 뜨거움에서 밀려나와
마멸의 깊이 아래 말없이
짚단 더미와 무언가를 쉼 없이 엮으며 앉아 있던 할아비
죽어서 회색의 비로 내 안에 내리는
할아비의 내음을 맡을 수가 있었다
짚단 썩는 내음 같은 것으로
피어오르는 할아비를

흰나비 떼

발굴 작업은 끝났지요
내리는 봄빛 속,
낮은 구릉지로 이어지는 외진 길 한 자락 놓인다
성주군 승왜리 휘고 가는 강 돌아들면
성산가야…… 아라가야 본가야
달맞이꽃 개망초 배꽃 덮인
옛 무덤 몇 채 버려져 있다

발굴 작업 땐 삽질을 도왔지요
강 끝에 나와 모를 심던 승왜리 사람
길을 나서며 말을 잇는다
속은 썰렁하더이다
빈 소주병이며 담배 곽 구겨져 뒹구는 속은
벌써 몇 차례 도굴꾼이 지나간 뒤였지요
봉토는 흩어지고 봉분 다 부서지고
토기들 사이 개망초 이겨진 뿌리
꺾인 달맞이꽃 컹컹 개 짖는 소리 남겨 둔 채
마을을 빠져나간 뒤였지요
외지고 가는 길 한 자락
성주군 승왜리 마을 돌아나오며 바라본

옛 무덤 옆 자리에
고추 밭 배나무 밭 무성하다
잘디잔 꽃들이 다투어 피는 개망초 숲 들어 올릴 듯 말 듯
흰나비 떼 붐비는 햇빛 둥근 속,

산문

제44호 고분

머릿결을 빗어 내리듯 부드러운 빛이 둥글게 흘러내리고 있었다.

시야에 들어오는 것은 나뭇가지 사이로 얼핏얼핏 보이는 산 능선의 위쪽으로 드러나는 둥그레한 곡선의 풍경 쪽이다.

"10시 30분까지 서부 시외버스 정류장으로 나오지."

배 선배의 전화를 받은 지 두 시간쯤은 되었을까. 우리는 가파른 산길로 접어들고 있었다. 산의 경사면에는 비스듬히 오리목이며 떡갈나무들이 짙푸르게 쭉쭉 뻗어 올라가고 있었다. 숲길은 늦은 봄 빛살이 비쳐 들어와 어룽대며 숲 향기에 어울려 일렁거렸다. 마치 숲이 만든 그늘은 물그릇에 어리는 맑고 시원한 물빛 같기도 하고, 폭양이 내리쬐는 소읍의 황톳길을 걸으며 펼쳐 든 양산 아래서나 느낄 수 있는 햇빛 같기도 했다.

5호 석곽에서는 두골편 한 개, 측두골편 한 개, 하악골편 한 개, 쇄골편 한 개, 상완골편 한 개, 치골편 한 개, 대퇴골편 한 개, 상이한 경골편 두 개가 검출되었다…… 미모궁, 미간, 유두돌기가 모두 작은 점으로 미루어 여성의 것으로 추정된다. 의과대학 해부학 교실에서 써 내려간 고령 지산동고분 출토 인골에 대한 소견서를 읽어 내려갔을 때 행간의 곳곳에서 내가 조금씩 붙들려 다치듯이, 나뭇가지 사이로 드러나 보이는 고분의 둥근 선들은 내 시야를 파고들어 와 나의 내부에 녹색의 빗금을 쳐 내려가는 것이었다.

이곳, 고분을 찾기 위해 고령읍을 처음 찾은 것은 3년 전의 일이었다. 팔월의 폭양이 내리쬐는 낯선 소읍으로 걸어 들어가 처음으로 들른 곳이 엉뚱하게도 군청의 문화공보실이었다. 길 안내로 이곳보다 적절한 곳이 없으리란 생각에서였다. 군청의 뒷마당에 간이 막사처럼 지어 놓은 사무실인 문화공보과 문을 밀고 들어선, 얼굴은 햇빛에 익어 벌겋고 낡은 배낭에 찌그러진 모자의 방문자를 낯설게 조금은 당황한 듯이 바라보던 젊은 관리는 요구한 자료철을 뒤적이며 이 복더위에 웬 무덤을 다 찾아가는지 모르겠다며 말끝을 흐렸었다. 그 관리의 탁자 옆 사람들은 중복 더위에 개장국이라도 먹으러 갔는지 자리들은 비어 있고 선풍기만 핑핑대며 실내의 고요와 더위를 식히고 있었다. 시선을 어디에 둘지 망설이기도 하던 젊은 관리는 두툼한 44호, 45호 고령 지산동고분 발굴 조사 보고서를 꺼내 들고 와서 필요한 부분을 복사해서 줄 수 있다고 덧

붙이며, 성실하게 지산동 고분으로 가는 길을 설명했었다.

하지만 그 말단 관리의 성실성에 비해 갱지에 복사되어 돌아온 서류의 상태란 먼지가 풀풀 날리는 소읍에서나 흔히 만날 수 있는 비포장도로의 길바닥 같기도 하고, 고분 속에서 방금 출토된 망가진 질그릇쯤으로도 보였다. 그러나 무언가 질박한 느낌이 진하게 배어 있고 퇴색한 빛깔과도 같은 보고서의 문맥 속에는 놀랍게도 명확하게 기록된 실증적인 자료들로 빽빽했던 것이다. 하나의 고분 속에 들어 있는 수십 기나 되는 석곽 속의 내용물과 주검의 흔적들이 면밀하게 조사·기록되어 있어서 토씨 하나도 버리고 싶지 않을 정도의 애정이 가는 명료한 자료들이었던 것이다.

누르끼리한 갱지에 거무스레하게 복사된 활자들을 닮은 비문을 해독이라도 하듯이 꼼꼼하게 읽어 내려가며 내가 문득 만난 즐거움과 괴로움은 한 권의 좋은 시집을 만났을 때 느끼는 기쁨에 못지 않았다.

배 선배는 줄곧 말이 없었다. 산정을 덮으며 엎드려 있는 거대한 무덤들에 압도 당하기라도 한 듯 뺨은 불그레 상기되고 있었다. 오늘은 내가 선배의 길라잡이가 된 터였지만 그 기분을 충분히 이해할 수 있었다. 처음 내가 이곳에 이르렀을 때 느낀 벅찬 감정은 숨막힘과 흡사한 놀라움이었으니까. 무덤 주위를 배회하던 우리는 제일 높은 쪽에 위치한 무덤의 밑자락에 나란히 앉아서 동쪽으로 환하게 드러나는 읍 소재지의 길들을 내려다봤다. 구불구불 휘어져 나가고 돌아 들어오는 길들은 거대한 구렁이들이 구불거리며 기어나가는 꿈틀거림처럼 보였다.

"무덤은 늘 편안하군."

오랜만에 던지는 선배의 말끝에 나는 미소만 지어 보였을 뿐 침묵했다. 나는 무언가 되풀이하는 일에는 서툴기만 했다. 고분을 찾아나서는 일은 그래도 지금껏 내가 자유롭게 되풀이한 일 가운데서는 으뜸일 터였다. 돌고래가 물 밖으로 코를 내밀듯 도시 생활의 빡빡함이나 탁한 일상에서 견뎌내기 힘들 때는 훌쩍 집을 떠나 고분을 찾아나서곤 했던 것이다. 괴로움과 즐거움을 되직하게 섞어 내 놓는 이러한 길 떠남을 통해 나는 삶의 껄끄러움들을 조용히 녹여 나갔다. 기름과 물을 섞는 비눗물같이 좋은 용해재로서 내게 자리하기 시작한 이 옛 무덤을 찾아나서는 일은 끊임없이 되풀이해도 좋은, 권태로움과 무기력에서조차도 나를 해방시키는 묘한 마력을 지니고 있었다.

내 존재의 밑바닥보다 더욱 깊기만 한, 이 둥그레한 무덤 앞에 와서 앉으면 모든 평화가 부드러운 햇빛만큼이나 일상에서 다치고 상한 마음들을 쓰다듬는 것이었다. 그것은 이 무덤들에서 남다르게 푸근하고 커다란 모성의 공간을 느끼기 때문일지도 모르겠다. 아니면 거대한 무덤의 저 안쪽이 온통 텅 비어 있기 때문일지도.

제대로 썩은 뒤에 비어 있는 것은 아름다운 것인지…… 터벅거리며 낮은 산정에 자리하고 있는 무덤 군 쪽으로 우리는 걸음을 옮겼다. 지난번에 보지 못했던 팻말들이 무덤의 앞자락마다 꽂혀 있었다. 45호, 44호……, 물론 내 시선이 머문 곳은 44호 무덤 쪽이었다. 그 무덤은 다른 무덤에 비해 나지막하고 아담했다. 무덤의 서북쪽으로는 관목들이 우거져 무덤의 한 면을 싸며 서쪽으로 경사진 산비탈을 가리고 있었다. 저 무덤 속에서 누치의 뼈가 발견되었다는 기록을 읽었던 것도 벌써 3년째라는 생각에 이끌려 무덤의 정경을 꼼꼼히 살폈다. 문득 그리운 사람들의 얼굴이 떠올랐다. 처음으로 이곳에 왔을 때는 무덤의 호수를 구별할 아무런 표식조차 없었지 않았던가. 44호 무덤의 가장자리께는 덩굴손 같은 땅찔레가 무덤의 아랫도리를 감싸며 통통한 줄기를 뻗어 올리고 있었다. 나는 물이 오른 찔레순 하나를 꺾었다. 얇고 부드러운 겉껍질을 벗겨내자 상큼한 향기가 코끝을 스쳤다. 나는 신선한 강물 내음을 동시에 맡은 듯도 했다. 머지않아 덩굴마다 꽃들이 화사하게 피어올라 이 무덤을 온통 하얗게 덮겠지. 그때 다시 또 올 수 있을지.

고분 속에서 발견된 것은 잘디잔 뼛조각에 불과한데 지금은 찔레덩굴과 띠풀들만 기름 속을 빠져나온 듯 무성하게 자리하고 있는, 오랜 세월이 흐른 이 공간은 삭힐 것을 다 삭힌 뒤에 마련하는 고요와 평화로움으로 충만된 공간과도 같았다.

차창 밖을 응시하며 돌아오는 길에서도 우리는 줄곧 말이 없었다. 멀어져 가는 산정에 여인의 풍만한 젖가슴처럼, 둔부같이 엎혀져 있는 대가야의 무덤들을 그리고 산들을 바라보았다. 우리는 우리의 내부에 저토록 텅 빈 공간을 마련할 수 있을지. 모든 것을 다 담아도 평화롭기만 한 공간을, 배 선배도 생각에 잠긴 듯했다.

차창 밖은 모심기를 하는 사람들의 곧은 행렬로 들판은 더욱 넓어 보이고 푸르기만 했다. 혀끝에는 아직도 찔레순 향기가 상큼하게 남아 있었다. 창밖으로 뻗어 있던 시선을 거두어 들이며 우리는 서로의 안을 기웃거리듯 마주 보며 싱긋 웃었다.

■ 작품 해설 ■

유년, 세계의 안뜰

하재봉

할머니, 저는 늘 잘 보이지 않는
저를 기록합니다

—「불에 탄 어금니」

유년기의 상처를 끊임없이 되새김하며 지금, 현재의 존재에 대한 질문을 계속한다는 것은, 던져진 삶으로서가 아닌, 완전한 자아 발견을 통한 적극적 세계 이해의 방법론을 찾아보겠다는 의지로 해석되어야 한다. 밝은 햇빛 아래로 끄집어내기 싫은, 끔찍한 추억의 파편들을 하나씩 끌어 모아 그것들과 함께 상처의 근원으로 거슬러 올라가는 상상력의 배 안에서 우리는, 강안으로 펼쳐진 풍경들을 바라보며 얼마나 전율하지 않으면 안되는 것인가. 어떤 삶을 살더라도 우리는 유년의 상처로부터 절대, 멀리 떨어지지 못하는 것이다. 그러므로, 그 상처로부터 도피하는 것이 아닌, 상처의 한가운데서 거처하며 살 수 있을 때 그것들이 주는 압력으로부터 비로소 자유로울 수 있으며, 진정한 치유의 길로 접어들 수 있는 것이다. 그러나 그것은 고통스럽다. 아무런 고통 없이 자신의 유년을 회상할 수 있는 사람을 나는 본 적이 없다. 유년의 아름다운 기억 속에는, 처음으로 낯선 세계와 마주칠 때의 공포와 두려움, 그리고 훼손된 삶이 숨어 있는 것이다. 유년의 흰 눈 위에 어떤 형태로도 우리는 발자국을 찍으며, 혹은 핏방울을 떨어뜨리며 성년에 도달하기 때문이다. 훼손되지 않은 유년을 간직한 어른이란 있을 수 없기 때문이다.

정화진은 방-부엌-마당의 축소된 공간 속에 세계를 담아 놓고, 물과 불의 역동적 상상력을 통한 복합적 이미지들로 유년의 상처를 뜨겁고 격렬하게 달구거나 혹은 차갑고 섬뜩하게 묘사함으로써, 우리를 자신의 내면 공간 안으로 끌어들여 한 인간의 유년기를 동시 체험하게 한다. 자신의 내밀한 추억 속에 갇혀 있던 유년기의 공간이 언어를 통해 조직적으로 표현됨으로써 그것은, 그만이 지니고 있는 은밀한 폐쇄성을 벗어던지게 된다. 언어는, 공적인 것이며 사적 체험의 은밀한 부분에 끼인 이끼나 버섯들은 햇빛 아래 선명하게 드러나는 순간, 무지개처럼 환하게 피어오르거나 재처럼 사그러지고 만다. 유년의 세계에서는, 의미론적으로보다는 상징적으로 사물을 받아들이기 때문에, 우리는 정화진의 첫 시집에 적힌 검은 영혼의 기록을 하나씩 넘겨 가면서, 유년의 세계가 어떻게 현존재를 얽어매 놓고 있는가를 발견할 수 있게 될 것이며, 진정한 초월은 존재의 근원에 대한 성찰을 계속함으로써 가능하다는 것을 이해하게 될 것이다.

정화진의 시 세계를 가득 지배하고 있는 것은, 물질적으로는 습기찬 물과 그 물을 뜨겁게 가열하여 결국은 증발시켜 버리는 불이며, 공간적으로는 방–부엌–마당의 폐쇄된 유년 세계이고, 그것은 현재의 일상적 현실과 초시간적으로 삼투하면서 존재의 근원에 대한 가열찬 탐색을 시도하게 된다. 방법론적으로는, 현실과 유년 공간이 동등한 수평적 차원에 병치되면서 넘나들기 때문에, 그가 제시하는 몇 개의 이미지를 좇아가다 보면, 우리는 쉽게, 물과 불이 교묘하게 혼합된 유년의 세계 속으로 들어서게 되는 것이다.

단발머리의 아이가 고요히 자고 있는 것을 본다
나는 아이를 깨우고 싶다 아이를 흔들어 나를 깨운다
아이가
움직이지 않는다 아무도 오지 않는 마을에 괘종시계가
흔들린다

——「괘종시계」

위의 「괘종시계」에서도 유년의 아이와 성년의 시인이

동일 공간에서 묘사되고 있는데, 이것을 분열된 자아라고 설명하기보다는 유년 공간과 현재의 공간을 동등한 수평적 차원에 서로 병치시켜 놓고, 추억을 풀무질하는 상상력의 힘으로 자유롭게, 상이한 두 공간을 넘나드는 환상적 기법으로 이해하는 것이 더 정확할 것으로 생각된다. 「괘종시계」는 흔들리지만, 그러나 시간은 정지되어 있고 현재의 시간은 정지되는 순간 공간화된다. 그러므로 정화진의 첫 시집을 구성하고 있는 지배적 이미지인 물과, 그 물 뒤에 숨어 있는 불의 이미지를 좇아서 그의 시 세계에 대한 접근을 시도하는 것은 곧, 그의 상상 세계를 구성하고 있는 상처의 흔적을 더듬음으로써 가능한 것인데, 우리는 원초적 경험이 어떻게 시인의 무의식을 지배하고 세계를 굴절시켜 놓는가를 이해할 수 있게 될 것이다.

1 죽음으로 가는 물과 생명을 피우는 불의 부딪침

정화진의 첫 시집 『장마는 아이들을 눈뜨게 하고』는 우선 제목 자체에서부터 물이 흘러넘치고 있으며, 그런 만큼 시집의 어느 곳을 들춰 보아도 물의 이미지를 쉽게 발견할 수 있다. 이처럼 그의 시에 자주 드러나고 있는 물의 이미지는, 그러나 단순한 접근을 허락하지 않는다. 물의 뒤에는 보이지 않게 불의 이미지가 숨어 있기도 하고 또다른 물질과의 은밀한 삼투가 일어나는 복합적 양상을 띠고 있기 때문에, 물의 이미지를 규명하는 것이야말로 그의 시에 대한 접근의 일차적 통로가 된다. 물의 흘러넘침(장마)과 모자람(가뭄)이라는 양극 현상의 팽팽한 긴장 속에는, 순수 정화의 기능과 '뜨거운 물'이라는 복합적 이미지가 그 핵심에 숨어 있는데, 이것이 정화진이 갖고 있는 물의 특성이라고 볼 수 있다.

물은, 약사발, 그릇, 뚝배기, 국자, 사발, 바가지, 가마솥, 단지, 독, 옹기 등에 담겨 있다. 정화진의 기억 속에서 출렁거리는 물은, 바다의 역동성이나 강물의 흐름 같은 지속적 이미지를 갖고 있지 않으며, 일정한 틀 속에 갇혀 있는 것이 대부분이다. 그의 유년 공간이 방-부엌-마당의 폐쇄적 구조를 갖고 있는 것을 생각해 보면, 가장 유동적이고 비정형적인 물이, 일정한 틀 속에 갇혀서 나타나는 것도 유년 공간의 폐쇄성에서 비롯된다고 볼 수 있다. 따라서 정화진의 시적 세계가 높은 미학성과 완결미를 갖고 있음에도 불구하고, 세계 구조를 집 안으로 끌어들인 축소된 상상력과 제한된 공간 속의 사적 경험이 보편적으로 확산되는 과정에서의 어려움 때문에, 동시대적 공감성을 형성하는데 장애 요인이 되고 있다고 볼 수 있다.

그의 상상력을 가장 예민하게 지배하고 있는 것은, 끓는 물, 즉 뜨거운 물이다. 시집 전체에 조금씩 해체되어 묘사된 유년 시절의 경험을 종합해 보면, 시인은, 질병, 아마도 말라리아로 짐작되는 병을 앓았던 것 같다. 병에 걸린 것이 아니고 높은 열과 함께 병을 '앓는' 것이다. 근암댁이라 불리는 할머니는 그 병을 치료하기 위해 약사발을 달이는 것이지만, 어린 손주는 약 먹는 것을 싫어한다. 약사발, 그릇, 뚝배기, 바가지, 국자, 단지, 독, 옹기 등 시집 도처에 출몰하는 약사발과 그릇의 이미지야말로 시인이 얼마나 참혹하게 오랫동안 질병에 시달리며 약을 달여 먹었는가를 간접적으로 증명해 주는 것인데, "나는 조금씩 병을 잃으며 앓고, 할머니의 익모초 즙을 마시며 컸다"라는 직접적 진술에서부터, "동그란 사발의 원이 되살아난다 할머니의 손과 섞이며 되살아난다"의 구절까지, 우리는 시인이 끔찍하게 많은 약사발의 기억을 갖고 있으며, 그의 유년 체험이 질병과 약사발에서 크게 자유롭지 못하다는 것을 짐작할 수 있는 것이다.

상주군 외서면 우산리 청산촌 근암댁 안마당에 익모초가 짙푸르다
쑵쓰레 익모초 숨들이 마당을 건너 대청마루로 간다
방 안으로 스며드는 익모초 향기에 젖으며 앓는 아이
손이 푸른 할머니, 근암댁의 손녀가 앓고 있다

모로 누운 몇 뿌리 익모초가 얼비치는 사발이
대청마루에 놓여 있다 익모초 즙이 담긴
사발에서 신열이 난다, 땀이 돋는다
(중략)

할머니 손이 다가온다. 한 사발 꿀꺽 마셔야 한다 마셔야 한다……

—「나의 방은 익모초 즙이 담긴 사발이다」

부뚜막 위쪽 한가운데 눈부시게 작은 단지가 놓여 있다
삼베 조각으로 단지를 맑게 닦는 할머니
단지가 반짝인다 관솔불이 타오르는 아궁이
가마솥 뚜껑을 밀어 올리며 불빛은
무명 치마에 불그레 안긴다
부엌 문지방에 아이가 앉아 생글생글 단지를 본다
(중략)
건넌방 쪽마루 난간엔 땀방울이 맺혀 있다
누가 앓고 있는 듯하다 분주히 약사발이 방을 드나들고

—「녹슨 부엌」

정화진은, 부패해 가는 현대 산업사회의 구석진 곳까지 현미경을 들이대듯 미세하게 관찰하여 시로 옮겨 놓는 이하석의 시적 기법과는 또 다르게, 자신의 유년 시절에 대한 냉정하고 객관적인 탐사를 보여 주고 있다. 그는, 유년 시절의 기억을 미세하게 되살리면서 그러나 그 속으로 함몰되지 않고, 차갑고 날카로운 카메라의 눈처럼 거리를 두고 그것을 묘사하고 있다. 따라서 유년 시절의 자신의 모습 또한 타인처럼 묘사되고 있는데 "누가 앓고 있는 듯하다"의 "누가"는 물론 말할 것도 없이 시인 자신이며,

그는 이처럼 객관적 시각으로 기억을 더듬으며 상처의 핵심에 접근하고 있는 것이다.

「녹슨 부엌」이나 「나의 방은 익모초가 담긴 사발이나」는, 비교적 시인의 질병을 직접적으로 드러내고 있으며, 따라서 상처의 핵심에 접근할 수 있는 단서를 드러내고 있는데, 우리는 시인의 상상력을 지배하고 있는 무의식이 병을 앓을 때 높은 '열'과 관련되어 있다는 것을 짐작할 수 있다. "사발에서 신열이 난다, 땀이 돋는다"와 "건넌방 쪽마루 난간엔 땀방울이 맺혀 있다"에 주목해 주기 바란다. 약을 달이는 과정은, 물질적 이미지로 말한다면, 물과 불이 서로 치열하게 대립하는 과정이다. "물은 불에 몸을 바치는 것이 필요하며, 불은 물을 지니는 것이 필요하리라."[1] 서로 상이한 속성을 갖는 물과 불의 결합이야말로, 물질적 몽상의 근원적 이미지며 연금술적인 과정인 것이다. 정화진은, 자신의 질병을 치료하기 위해 약을 달이는 할머니의 모습을 추억함으로써, 우주 생성의 근원적 과정에 참여한다. 시인은 방 안에 앉아서 약사발을 기다리는 것이 아니고, "부엌 문지방에" 앉아 "약단지를" 보는 아이를 지금, 객관적으로, 다시 보는 것이다.

정화진의 유년기는 온통 질병으로 점철되어 있고, 그 과정에서 생성되는 이미지가 바로 높은 열에 의한 '땀'이라는 것은, 그의 상상력의 세계가 물과 불의 교묘한 긴장

1) G. 바슐라르, 『물과 꿈』(이가림 역), 문학세계사, 144쪽.

과 삼투작용으로 구성되어 있다는 것을 간접적으로 밝혀 주고 있는 것이다. "상상력이 물과 불의 영속적인 결합을 꿈꿀 때, 독특한 힘을 가진 혼합적인 물질적 이미지를 이루는데, 그것은 뜨거운 습기의 물질적 이미지이다."[2] '뜨거운 습기'인 '신열'이나 '땀' 속에서 느낄 수 있는 물과 불의 양의성이야말로, 정화진 시의 핵심적 이미지라고 볼 수 있다. 따라서 그의 시에는 물을 가열하는 불의 이미지가 보이지 않게 숨어 있다. 보이지 않게, 라고 말하는 것은 그의 첫 시집을 지배하고 있는 것은 물의 이미지며, 그것은 때로 너무 과다하여 "마당은 범람하는 어두운 강이었다"와 "물은 내 안쪽에서도 넘쳐 나온다" 같은 흘러넘침으로 나타나기도 하지만, 그 반대편에 "옹기 속의 물이 마른다"와 같은 극도의 모자람으로 나타나기 때문이다. "물이 마른다" 속에는, 햇빛이거나 혹은 "관솔불이 타오르는 아궁이"이거나 불의 이미지가 숨어 있는 것이다. 그러므로 정화진의 물질적 상상 체계 속에서는, 물과 불의 중간 지점에 자신의 질병이 놓여 있고, 그것은 '신열'이나 '땀'으로 형상화되어 나타난다. 물론 불은, "단지 속, 화톳불을 다독이며"와 같이 직접적으로 나타나는 경우도 있지만, 물의 모자람을 통해 간접적으로 숨어 있는 경우가 대부분이다. 불의 이미지가 강렬한 생명력을 갖고 있다는 것과 불변성이나 견고성을 갖지 못한 혼란에

2) 위 책, 142쪽.

빠진 영혼이 물의 이미지에 자주 몸을 의탁한다는 것을 생각한다면, 정화진의 시가, 불의 이미지보다는 물에 지배된 이유를 우리는 알 수 있는데, 그는 영원한 생명이 아니라 유년기의 상처를 드러내고자 하는 데 더 관심을 가지고 있는 것이다.

"음, 못 먹겠어 할머니……" 하고 신음을 내뱉는 연약한 어린아이는, 그러나 단순히 약에 대한 싫증 때문에 투정부리는 것은 아니다. 그는, 그 약이 어떻게 해서 만들어졌는지 이미 알고 있는 것이다. 그 약사발 속에 담겨진 것은 익모초 즙이거나 혹은 몸에 좋다는 자라의 피, 그리고 가마솥에 넣고 끓인 개에 이르기까지 다양하지만, 자신의 생명을 유지하기 위해 다른 생명이 소멸되었다는 아픈 자각이야말로 그의 시를 지배하는 원죄의식으로 작용하고 있다. 열린 자신의 입술 속으로 할머니가 부어 주던 자라의 피를 마시면서, "가느다란 영혼 하나를" 보는 그의 섬세한 감각은 이후 줄곧 그를 따라다니며 괴롭힌다.

냇물에는 몇 개의 잘린 자라 목이 떠내려 가고
아무도 몰래 할머니는 약사발에 묻은 피를 씻었다
입술을 열고 붓던 자라의 피와 가느다란 영혼 하나를
할머니의 손을 나는 다 보았다

—「징거미 더듬이」

국자 속에 담긴 자라의 피에 묻은

자운영 향기가 모깃불 연기와 섞이고 있는 고요한 마당
아…… 할머니는 자라의 목을 어떻게 잘랐을까?

—「남쪽 마당」

할머니는 "아무도 몰래" 약사발에 묻은 피를 씻고, 자라의 피를 병든 손주의 입술 속으로 부어 넣지만, 그 아이는 이미 알고 있다. 자기가 모르는 곳에서 자라의 목이 잘려졌음을. 이러한 거세 이미지는, 역시 동일한 목적을 위해 사용된 개의 경우에도 마찬가지인데, 일면 고요하고 정적인 상황이 지속되는 것처럼 인식되는 정화진의 시에 섬찟하고 그로테스크한 이미지가 출몰하는 것은, 유년기의 상처와 무관하지 않다고 생각된다.

날렵하게 칼이 움직인다 털복숭이 껍질이 벗겨지고 있다 한 사내의 손이 어둡게 껍질을 벗겨낸다 발을 축 늘어뜨리고 개 한 마리가 밤나무 가지에 매달려 있다 툭 불거져 나와 있는 눈알과 끈적끈적하게 흐르는 액체 사이로 뜨겁게 김이 피어오르는 옹기가 밤나무 아래 놓여 있다

—「칼끝에 부서지는 빛」

돋는 푸른 잎 위에
막, 잘라 얹어 놓은 개 대가리
붉은 그늘 번득이는

—「맨드라미」

자신의 병을 고치기 위해 살해된 동물(자라, 개)에 대한 강박관념은, 시인의 무의식을 억압하는 가장 큰 요소로 작용하는데, "아…… 할머니는 자라의 목을 어떻게 잘랐을까?"라는 의문은, "막, 잘라 얹어 놓은 개 대가리"의 거세 이미지와 함께 얼굴에 대한 공포로 나타난다. 또 이러한 거세 이미지와 항상 동반하는 것이 칼에 대한 관심인데, 칼은 기존의 질서를 뒤엎거나 교란하는 충동적 반란과 밀접하게 연관되어 있으며, 시인은 은밀하게 모반을 꿈꾼다.

모래톱 위로 잠깐 드러나 보이는 머리칼 덮인 얼굴을 아이가 본다 입술 가장자리에서부터 목까지 비스듬히 잔 모래가 듬뿍 묻어 있다 얼굴의 형체를 알아볼 수가 없다, 아이가

아이가 달아난다, 풀들이 노란 빛으로 넘어진다
아이가 뒤를 돌아본다 달려오는 긴 총을 든 얼굴 없는 사나이,

—「푸른 모기장」

문드러진 손가락의 얼굴 없는 사내 녀석이 아이의 작은 허파 하나를 잽싸게 낚아채 간다

—「징거미 더듬이」

무너져 내리는 흙더미 속에
앙상하게 잘디잔 이빨을 드러내는 두개골

—「초나흘 달빛」

켕하게 눈 뜬 노인이
노인이 강물 위로 허옇게 떠오른다

—「겹유리창에 구두주걱이」

정화진의 시가 갖는 전통적 아름다움이나 유년의 따뜻한 추억을 물리치고, 지나치게 그로테스크한 측면에서 분석한다는 단점을 가지는 위와 같은 시행들은, 그러나 시인의 무의식적 억압을 보여 주는 중요한 단서가 아닐 수 없다. 이러한 거세 이미지와 함께 그의 유년의 한복판에 자리잡고 있는 주술적 성향 또한 무시돼서는 안된다. 이것은, 그의 시 전편을 통하여 전혀 모습을 비추지 않는 부모의 부재 의식 혹은 이와는 상반되게 할머니, 할아버지의 잦은 등장과 밀접한 관련을 갖고 있다. 시집의 맨 처음에 실려 있는 저, 마술적인 "알할랄랄라이"의 음운으로 구성된 「춤」이라는 시에서 그의 섬뜩한 주술은 예견되는바, 자라의 목을 자르거나 개의 털 껍질을 벗기는 장면에서 이미 섬뜩하게 묘사되었던 칼은 "말라리아의 가슴을 찍어" 질병을 퇴치하는 주술적 도구로 사용되고 있다.

칼이 다가간다. 할머니 손에 쥐어져 있는 시퍼런 날의

칼은

문설주에 쓰윽쓰윽 몸을 문지른다

할머니가 바가지에 담긴 징길한 물에 칼을 씻는다

(중략)

칼이 확대된다……

할머니가 아이를 위해 마당을 깨끗이 쓸고 난 후

마당 한가운데 땅을 긁어 십자표를 긋는다 노란 흙이 날린다

맞물린 십자 표식 위에 정확하게 칼을 꽂아 바가지를 덮어씌우는 할머니

말라리아의 가슴을 찍어 가르려 한다

—「칼이 확대된다」

피는, 물과 불이 결합된 이미지이면서 형태적으로는 액체의 속성을 갖고 있지만, 그것은 강렬한 색채 때문에 불의 이미지에 더 가깝게 느껴진다. '피'와 '칼'은 정화진 시의 양극인 물과 불이 첨예하게 만나는 중간 지점에서 생성되는 이미지이며, 그것은 죽음과 희생에 의한 구원이라는 의미망을 구성하고 있는 것이다. 정화진의 물은, 흘러넘치는 역동적 이미지를 통해서가 아니라 고요히 가라앉아 있는 투명함을 통해, 가장 내밀한 본질을 내보이고 있다. 그는 투명한 물에 자신을 반사하면서 깊은 꿈을 드러내 보여 준다. 이것은 나르시시즘에 침윤되어 있는 사람들에게서 흔히 나타나는 경우지만 정화진의 그것은, 나

르시시즘이 극도로 억제되어 있다는 점에서 변별점을 갖는다.

물속,
부드러운 모래밭 위로 꼬불꼬불 나 있는
몇 개의 가느다란 길
지금은 고요한 물속. 투명하게 열려 있는

—「감추어진 길」

물속으로 꼬르르 내려간다 기포들이 위로 올라가 통통 터진다 눈을 뜬다 환한 속,
물방개 뒷다리가 살랑살랑 길을 트고 있다 햇빛은 켜켜 켜 물 위로 내린다
모래들이 모서리 굴리며 뒹군다 물풀 사이로 내비치는 하얀 배때기, 비늘에 꽂히는 햇빛, 가늘게 지느러미 흔들린다 징거미 투명한 살 속으로 햇빛이 통과한다

—「햇빛은 켜켜켜」

햇빛이 비치는 투명한 물속의 그림 같은 세계를 맑게 보여 주고 있는 이런 시들은, 그가 얼마나 고요하고 투명한 심적 상태를 원하는지를 알 수 있게 한다. "지금은"이란 말에 주목해야 한다. 그 물은 지금은, 투명하게 열려 있으며 물속의 가느다란 길을 보여 주고 있지만, 어느 순간 그것은 범람하면서 마당 안으로 밀고 들어와 지금까지

의 모든 질서를 뒤죽박죽으로 헝클어 놓기도 한다. 정화진 시의 특성 중의 하나는, 언어 감각에 대한 예민함과 전통적 정서에 대한 남다른 집착인데, 그것은 복고적 취미와는 다른 새로운 형태로 나타나고 있다. 꼬르르, 통통, 살랑살랑, 켜켜켜, 동당동당, 곰실곰실, 뽀르르르 등 의성어, 의태어를 현대의 어느 시인보다도 열심히 사용하고 있으며, 방아깨비가 들판을 날아다니는 것을 묘사할 때는 "떼떼떼떼떼떼떼떼떼 방아깨비가 열어 놓은 들판 속"과 같이 대담한 표현으로 그것을 사용하기도 한다. 또 납대대하게, 곱살무늬, 띠살무늬, 댓돌 등 우리 일상생활에 내려오는, 그러나 이제는 많이 잊혀진 사물들의 이름을 친숙하게 사용하기도 하는데, 이것은 그의 유년 공간을 고색창연하게 채색하는 소도구의 역할을 하기도 하고, 사라져 가는 것들에 대한 관심, 소멸의 미학을 보여 주기도 한다.

투명한 물의 이미지는 그러나 정화진 시에 자주 등장하지는 않는다. 시인 자신이 아주 드문 경우를 제외하고는 항상 긴장 속에서 유년 시절을 회상하며 그 공간 속으로 넘어가기 위해서는 아픈 상처를 건드리는 쓰라림 없이는 불가능하기 때문이다. 정화의 이미지로서 물은, "서쪽 토담 아래 돌 위엔 정한수 한 사발이 놓여 있다"(「납비 녀」)와 같이 직접 정한수로 등장하기도 하지만, 다음과 같이 불순함을 정화함으로써 악몽에 시달리는 시인의 상처를 달래 주는 이미지로 나타나기도 한다.

떨며 보내던 여름날을 털어내고
겨우 새벽 냇가로 내가 갔을 땐
냇물이 온통 피어오르는 자운영 꽃 향기에 뒤덮여 있었다.

—「남쪽 마당」

자라의 피를 먹고 난 다음, 죄책감에 시달리는 아이는, "아…… 할머니는 어떻게 자라의 목을 잘랐을까?"라는 생각으로 잠을 못 이루며 뒤척이다가, 새벽 냇가에 가서 "냇물이 온통 피어오르는 자운영 꽃 향기에 뒤덮여 있"는 것을 본다. 어미자라가 "자운영 꽃잎으로 알을 덮어" 둔 것으로 미루어 볼 때, 이 마지막 시행은 냇물의 청정함과 어울려 시인의 죄의식을 달래 주는 것으로 이해할 수 있는 것이다.

그는, 사실은 그 맑은 물속에서 자유롭게 헤엄치는 한 마리 물고기로 살기를 원했다. 그러나 다른 아이들이 그러는 것처럼 그는, 마음대로 헤엄칠 수 없는 것이다. 물론, 그 원인은 질병과 거기에서 오는 허약함일 것이다.

모래톱을 거슬러 올라간 아이들이 강물 속에서 재잘거리며 명랑하게 물고기로 떠내려온다

강 아래쪽,
안테나 아래 앉아 있는 나는

하얗게 바랜
잘 그려지지 않는
시간을 반져 본다

—「색연필」

아이들과 무리지어 놀지 못하고 "강 아래쪽"에 앉아 있는 시인은, "하얗게 바랜 시간"을 만져 본다. 그의 상상력 속에서 시간은 정지되어 있는 것이다. 시인을 편안하게 해 주는 잔잔한 물의 추억은, "저녁상에 찰랑이며 놓인/ 물김치 사발"처럼 그릇 같은 용기 속에 담겨 있을 때 더욱 선명하게 나타난다.

그러나 세계는 이처럼 언제까지나 평온한 모습으로 멈춰 있지는 않는다. 그것은 언제, 어느 때, 돌변하면서 자신이 원하지 않는 상황으로 변해 버릴지도 모른다. 그러나 이러한 물의 흘러넘침이야말로 지금까지의 정태적 세계에 비로소 생명력을 불어넣는 계기를 마련해 주는 것이다.

붉은 물이 들어오는 마당,
작은 단지들이 조금씩 움직인다
간장독 속에 담긴 할머니의 두 손이 순식간에 물 위로
떠오른다
고추와 숯 검댕이 몇 쪽이 손을 뒤따라 마당을 맴돌다
가 떠내려간다

메주 덩어리가 풀리며 떠가는 물

—「납 비녀」

쉼 없이 비가 내리고 있었어요
장독마다 물이 가득 차 있고
아이들이 물에 잠겨 있지 뭐예요
(중략)
장마는 우리 꿈에 알을 슬어 놓고
아이들을 눈뜨게 하고
향기로운 날개를 달게 하고
아이들은 물속에서 울고불고 날마다
빈 독을 마당에 늘어 놓게 하고

—「장마는 아이들을 눈뜨게 하고」

그러나 물이 너무 지나치게 과다한 양으로 흘러넘칠 때, 그것은 돌연 죽음의 빛깔을 띠기 시작한다. "물은 죽음의 초대"[3]이다. "습한 어둠을 빨아들이며" "뒤란은 습기로 버섯을 키우"기도 하지만, 우리는 흐르는 물과 함께 가다보면 결국, 죽음에 이르게 된다. 아니, 가지 않아도 물은 우리를 그 엄청난 깊이로써 침묵시켜 버리는 것이다.

이 우기의 숲속에서 나는 쉰다 길고 긴 비에 젖어

3) 위 책, 88쪽.

가슴 안으로 빗줄기를 심는다
누군가 내 잠 안으로 주인 없는 수레를 들여보낼 때도
있다
비어 있는 듯한 수레 안 거적을 들추어 보면 늘
마른 나뭇가지 같은 사마귀의 시체들로 가득하고

—「잠」

물은 내 안쪽에서도 넘쳐나온다
안팎으로 끈끈하게 겹쳐 흘러 범람하는
누르끄레한 그 아래
젖은 채 누군가가 죽어 있는

—「겹쳐 흐르는 물」

박태기 꽃 후두둑 진 장마 끝에
할아버지 죽었다

—「퉁가리」

무덤 속에서 할아버지는 철버덩철버덩 물속으로 뛰어
들고

—「누치」

죽어서 회색의 비로 내 안에 내리는
할아비의 내음을 맡을 수가 있었다

—「피어오르는 할아비」

특히, 할아버지의 죽음과 연결된 비, 오랜 장마의 추억은, 시인의 물질적 상상 공간 속에서 쉽게 물과 죽음을 동일시하게 한다. 여기에서는, 저 맑은 햇빛과 함께 물의 표면으로 "켜켜켜" 내려가던 투명함을 찾을 수 없다. 그것은 환영이었을까. 죽음으로서의 물의 상상력은 정화진에 있어서 "부풀다"라는 수일한 이미지를 탄생시킨다. 물은, 흘러넘치며 오랫동안 시인의 세계를 지배하면서 사물들을 부풀려 올린다. 그것은 죽음의 또다른 모습이다. 시집 전체에 나와 있는 '부풀다'의 변형어를 찾아보면 다음과 같은 시행들에서 사용되는 것을 알 수 있는데 (괄호 안의 숫자는 시집의 쪽수) 특이한 점은 한 군데(65쪽)를 제외하고는 모두 물에 의해서 부풀려지고 있다는 것이며, 우리가 유념해야 될 것 중의 하나는 흙과 어울리면서 반죽되는, 재생의 이미지를 갖고 있다는 것이다.

마당 그득히 할아버지가 괴인다 (27)
할머니 얼굴이 마당 가득 부푼다 (32)
마당은 달빛이 내려앉아 창백하게 부풀어 있다 (36)
신문지가 눅눅하게 부풀어 있는 듯하다 (40)
바가지 속 볶은 콩 껍질들이 부풀어 오른다 (42)
흙벽이 푸석하게 부풀어 있다 (48)
오뉴월 뙤약볕에 종지 속 고추장이 뽀글뽀글 부풀어 올랐다 (65)
거대하게 부푼 노인의 길쭉한 길이 가득 채워지고 있는

강물 속을 (77)
  검은 옷이 물에 젖은 채 부풀어 있습니다 (80)
  산 아래 묻힌 자들이 무르익어 부푸는 (82)
  그것은 점점 더 커지고 불어난다 (88)
  흙들만 서로 엉겨서 부푸는 쉰내 나는 속 (91)

물이라는 단일한 물질에 의해 부풀린 것은 곧 죽음에 이르는 것을 상징하지만, 그것이 흙과 결합되어 반죽될 때, 세계는 이스트를 넣은 빵처럼 새로운 생명력으로 가득찬다. 물론, 그것은 불의 상상력을 필요로 한다. 땅속에 묻힌 주검들이 "무르익어 부푸는" 것이야말로, 땅 깊은 곳에 숨어 있는 불의 도움 없이 어찌 가능한 일이겠는가. 그것은 "흙들만 서로 엉겨서 쉰내 나는 속"일 수도 있지만, 새로운 생명을 가능케 하는 생명의 단서를 제공한다는 점에서 귀중한 발견이 아닐 수 없다. "습한 그리고 곰팡이 내음 같은 것이/ 안에 고여 있"는 세계를, 균형 있게 만들어 주는 것은 바로 불의 상상력이다. 정화진은 죽음의 위기에서 불의 생명력을 통하여 구출된다. 정화진 시의 귀중함은, 바로 이러한 물과 불의 변증법이 겉으로 드러나지 않게, 아주 은밀하고 교묘하게 서로의 영역을 넘나들며 삼투작용을 하고 있다는 점인데, 우리는 아주 천천히 그의 시를 읽어 나가면서 상처난 영혼의 아픔과 재생에의 의지로 가득차 있는 한 소외된 인간의 초상을 떠올리게 되는 것이다.

창백하게 아이가 바라본다
옹기 속의 물이 마른다

—「자줏빛 하늘」

부뚜막 위, 단지 속엔 연기가 가득 찬다
물이 마른다 부엌에선 노래를 부르지 마라 얘야

—「녹슨 부엌」

압지 속으로 빨려드는 물처럼 흔적 없이 사라진다

—「맨드라미」

마당의 습기를 빨아들이고 있는 방

—「개미 떼」

물이 마르는 가장 큰 이유는 불의 가열에 의해서인데, 그것은 대부분, 늘 미열을 앓고 있는, 유년기의 시인 자신인, 아이에게 약을 끓여 주기 위해서이다. 그릇이나 단지, 바가지, 방 등 오목하게 패여 있는 것들은 예외 없이 물로 가득 차 있거나, 바깥의 습기를 빨아들여 출렁거리지만, 부엌의 아궁이에 의해 잠시 후 소멸되고 만다. 그러한 과정의 이면에 숨어 있는 것은 약사발이나 젖어 있는 방이 마름으로 인해 아이의 병이 치유되고 있다는 사실이다. 하나의 생명은 또다른 물질의 희생을 전제로 한다. 정화진 시는 자신만이 살아남았다는 이러한 속죄 의

식의 표현 과정이다. 그래서 정화진의 상상 공간 속에서 불은, 생명력의 상징으로 나타나고 잇는 것이다. 그렇다.

> 관솔불이 타오르는 아궁이 (38)
>
> 부엌 아궁이는 뜨겁게 타고 있다 장작 타는 소리가 나는 부엌은 문이 활짝 열린 채 아무도 보이지 않는다 (40)
>
> 부엌에서 할머니는 불씨를 다독인다 방은 뜨겁다 (46)

부엌은, 바로 죽어 가는 생명을 일으키는 연금술적인 공간인 것이다. 대장장이의 풀무질처럼, 병든 아이의 할머니는 쉴 새 없이 방을 뜨겁게 하고 아궁이에서 약사발을 달인다. 뜨겁게 달구어진 약을 마시고 땀을 흘림으로써, 신열을 앓고 있던 아이는 원기를 회복하게 된다. 그러나 물이 지나치게 흘러넘칠 때 죽음에 이르듯, 불 역시 지나치게 뜨겁게 타오를 때 존재를 소멸시켜 버리는 위험성을 내포하고 있다. "얼굴은 타 버린 재였습니다/ 몸뚱아리도 없는, 재로 씻겨 내려가는 꿈"(「불에 탄 어금니」)은 그 한 예인데, 물과 불의 절묘한 균형 감각을 터득하고 있는 것이 정화진의 가장 큰 장점이라고 생각하는 나는, 그의 이러한 상상 체계를 어떻게 유년 공간을 뛰어넘어 동시대적으로 확산시켜 나갈 수 있는지가 중요한 일이라고 생각한다.

2 방-부엌-마당의 축소된 세계

정화진의 첫 시집에 실린 시의 대부분은, 방-부엌-마당의 축소된 공간을 무대로 삼고 있다. 그것은, 유년 시절 속으로 거슬러 올라가려는 시인의 집요한 노력에서 비롯된 것이기도 하지만, 한편으로는 아직은 정체불명인 세계를 자신의 공간 속에 축소시킴으로써, 나/세계의 길항 관계를 효과적으로 표현하려는 방법론에서 기인한 것이라고 해석할 수도 있다.

물론 세계의 중심은, 내가 거처하는 방이다. 그 방은, 어둠과 습기로 가득 차 있으며, 그 속에서 시인은 병을 '앓고' 있다. 어둠과 축축한 습기로 둘러싸인 방안에서 뜨거운 열을 앓고 있는 시인은, 운명적으로, 내부의 불과 외부의 물이 만나는 지점에 위치하고 있기 때문에, 두 물질의 힘이 서로 밀고 당기면서 균형을 이루기까지의 고통스러운 과정을 겪는다. 세계의 중심에 그가 있고, 그는 병들어 있기 때문에, 세계 또한 병든 모습으로 나타나는 것이다. 그 병을 치유하기 위해 등장하는 것이 할머니인데, 할머니가 병을 몰아내기 위해 일하는 공간은 축축한 세계의 질병을 몰아내는 불의 중심, 부엌이며, 그곳에서 할머니는 아궁이에 불을 지피고 방을 뜨겁게 달군다. 물론, 그 아궁이 위에 올려놓은 그릇이나 가마솥에서는 병든 손주를 위한 약이 끓고 있다. 따라서 정화진의 방은, 방구들 밑에서 보이지 않게 뜨겁게 타고 있는 불과, 방 안을 점령하고 있는 물의 싸움터로 볼 수 있는데, 그것은 곧, 그의 병을 치유하는 과정이기도 하며 그는, 뜨거운 땀을 몸 밖으로 밀어내면서 조금씩 힘을 회복해 간다. 그러나 그 방은, 끔찍한 병을 앓고 있던 중심지이고 따라서 다시는 들어가기 싫은 곳이며, 방 안에 다른 사람의 모습은 전혀 나타나지 않는다. 그는, 언제나 홀로 있다. 방은, 텅 비어 있는 것이다.

텅 빈 방/ 푸른 그물 모기장 속에서 아이가 땀에 흠뻑 젖은 채 (36)

텅 빈 방 또는 허공/ 궁금한 그 안쪽/ 어둠의 언저리에 누군가의 목소리 (93)

텅 빈 방에 울음을 켜 두고 나는 (35)

방 안에 낮게 불을 켜고 앉아 (79)

울고 있다 나는 방을 들여다본다 내 울음이 문득 방문을 민다 (35)

쌀독 옆 빈 단지들 속에 그렁그렁/ 눈물이 차오른다 (58)

이 고요로움 또는 쓸쓸함 속에는/ 가랑비나 눈물방울 같은 것이 묻어 있다 (66)

아무도 찾아와 줄 수 없는 (중략) 약간의 습기만 손끝으로 배어나오는/ 허전한 속 (91)

텅 빈 방의 "고요로움 또는 쓸쓸함 속에는", "울음"이나 "눈물방울" 같은 습기가 배어 있다. "아무도 찾아와 줄 수 없는" 그의 텅 빈 방에는 "울음"이 마치 촛불처럼 "켜" 있는 것이다. 병을 치유하기 위해 몸 밖으로 밀어내는 불순물의 집합체인 "땀"과는 또 다르게, 울음은, 뜨거운 물 "땀"과, 빛나는 물 "울음"은, 모두 물과 불이 결합된 이미지이면서 각각 외향성과 내향성을 내포하고 있다는 변별점을 갖는다. 그러나 그의 시에서, 울음은 안으로 삼켜져 있다. 그는, 가능하면 객관적으로, 자신의 유년 시절을 보려고 노력하기 때문이다. 그래서 유년, 그 자체만 등장하는 시보다는 현재의 시간과 유년기를 수평적 차원에 올려놓고, 성장한 시인이 유년기의 자신의 모습을 찾아 시공을 건너가는 것으로 진행되는 시가 대부분이다. 그것은 곧, 상처의 한복판으로 뛰어드는 일이며, 물질적으로는 물의 죽음과 불의 생명이 치열하게 부딪쳤던 싸움터를 되살리는 일에 다름아니다. 그의 방은, 원래는 무덤속 같이 축축한 곳이다. "무덤 속에서 할아버지는 철버덩 철버덩 물속으로 뛰어들고", "1,500년 동안의 긴 세월 동안 나는 고추장 종지를 들고 있었다"(「누치,」) 무덤과 물은 동일시되어 있다. 그는, 그 밖에서 오랜 시간 동안 고추장 종지를 들고 서 있는 것이다. 고추장 종지란 무엇인가. 그것은, "오뉴월 뙤약볕에 종지 속 고추장들이 뽀글뽀글 부풀어올랐다"에서 볼 수 있는 것처럼, 붉고, 햇빛 아래 부풀어오르는, 생명력이 넘치는 그릇이다. 그가, 회상하기도 끔찍해 했던 그 수많은 약사발 같은 그릇들과는 분명히 다른 것이다. "내 숨소리는 붉은 고추장 빛이었다.” 그렇다. 뽀글뽀글 부풀어오르는 고추장 종지를 들고 있을 때, 그의 병은 치유되는 것이다. 우리가 앞에서 살펴본 것처럼, 물의 부풀림이 죽음과 맞닿아 있는 것에 비해서 불의 그것은 생명과 연결되어 있다. 그러나, 생명의 힘을 되찾기까지 그는, 캄캄하고 습기찬 방 안에 홀로 있어야 한다.

> 마당의 습기를 빨아들이고 있는 방 (42)
> 지금은 먼지와 어둠이 뒤섞여 있는 할머니의 방 (34)
> 방문을 밀고 들어오는 습기를 아이는 느끼지 못한다 (40)

방을 지배하고 있는 것은 축축한 물과 어둠이다. 그 습기는 주로 밖에서부터 “밀고 들어오는” 것이지만, 방 안에서 능동적으로 밖의 습기를 “빨아들이”기도 한다. 밖의 세계로부터 침입해 오는 물은, 그러니깐 먼저 정화진의 외부 세계를 구성하고 있는 “마당”을 점령하고 조금씩 내부로 틈입해 들어와 어느새 방 안을 가득 채운다. 그는, 이미 물과 친숙해 있다. 습기찬 방 안에 갇혀, 시인은 병을 앓지만, 그러나 습기는 곧 마르거나 소멸되고 만다. 왜냐하면, 방은 부엌으로 연결되기 때문이다. 부엌의 불은, 방의 습기를 금방 소멸시켜 버리며 어둠을 단숨에 물리쳐 버린다. 불이 등장하는 목적은 유일한 것이다. 그것은 오직, 병을 앓고 있는 아이를 위해 약을 달이는 데 사용된다. 따라서 방 안에서 병을 앓고 있던 아이는 그 많은 약사발과 함께 힘을 되찾기 때문에, 불에 관한 시인의 상상력은 이중적이다. 불은 생명을 지속시켜 주는 것이면서도 그 속에는 자신을 위해 끓고 있는 약에 대한 공포가 담겨 있다.

> 신열이 난다, 안방에서 앓는 아이 (23)
> 익모초 즙을 방 안 가득 쏟아 놓으며 나는 컸다 (24)
> 나의 방은 익모초 즙이 출렁대는 사발이다 (25)
> 거품이 솟아오른다 쌀과 누룩이 끓고 있는 방 (46)
> 아이는 술에 취해 자고 있다 부엌에서 할머니는 불씨를 다독인다 방은 뜨겁다 (46)

"방은 뜨겁다". 이제 더 이상, 그는 축축한 습기와 울음에 둘러싸여 병을 앓고 있지는 않다. "쌀과 누룩이 끓고 있는 방"이야말로, 정화진이 "신열을 앓"으며 고통스럽게 통과해야만 했던 유년기를 청산하면서 발견한 빛나는 이미지이다. 그러나, 그가 거처하고 있는 방은, 유년 공간에서 세계의 전부였던 마당으로 곧바로 연결되지 않는데, 그것은 아직 성숙하지 못한 자아가 거대한 세계와 부딪치지 못한다는 것을 뜻한다. 나와 세계 사이에 존재하는 부엌이라는 절묘한 공간은, 정화진의 상상 체계 속에서 물과 불의 팽팽한 긴장 관계가 어느 한쪽으로 지나치게 치우치지 않고 균형 감각을 획득하게 하는, 길항근과 같은 역할을 하고 있는 것이다.

흐릿한 부엌 연기 속에서 아이는 크고 (39)
부엌 문지방에 아이가 앉아 생글생글 단지를 본다 (38)
문지방엔 마른 모가지를 반듯이 기대고 여자아이가 누워 있다 (15)

나와 세계 사이에 부엌이 있다. 부엌은, 정화진 상상 공간의 모태다. 그는 불이 피어오르는 뜨거운 아궁이와 그 위에서 끓는 약과 마당 밖으로 빠져나가는 연기를 보면서 성장한 것이다. 그는 "문지방에" "앉아"있거나, "마른 모가지를 반듯이 기대고" "누워" 불꽃이 타오르는 부엌의 아궁이를 바라본다. 불의 몽상 앞에서 어떻게 생명이 타오르지 않을 수 있겠는가. 여기까지 오면, 존재를 둘러싸고 있던 숙명적인 병과 습기는 씻은 듯이 사라져 버린다. 그의 상상 체계 속에서는 항상 "부엌의 아궁이는 뜨겁게 타고 있다"(「개미 떼」).

부엌은, 공간적으로는 방과 마당의 중간에 자리잡고 있으면서 물질적으로는 물과 불이 맞부딪치거나 결합하는 역할을 한다. 방이, 내면의 고독과 질병의 근원으로서의 상상 공간 속에 자리잡고 있다면, 마당은 무엇인가. 어린 아이가 바라본 마당은, 가장 큰 세계이면서, 자신이 아직까지 본 적도 없는 더 큰 세계로 나가는 연결 공간인 것이다. 그 마당은, 방이 그러했던 것처럼 역시 비어 있다.

마당이 텅 빈다 (33)

마당은 비어 있다 (45)
아이가 사라진 마당 (97)
인기척 없는 마당에 달빛은 겹겹이 내려 쌓이고 (37)

사실, 정화진의 첫 시집 어느 곳을 펼쳐 보아도 마당은 있다. 유년기의 모든 사건은, 그 마당에서 혹은 마당을 통하지 않고는 회상할 수 없는 것이다. 물과 빛이 고이기도 하고 서로 대립하면서, 한 물질이 우세할 때는 다른 한 물질이 사라지기도 한다. 당연하지만 그곳은, 낮에는 불과 태양이, 밤에는 물과 달빛이 지배하는 곳이다. 그러나 모든 빛의 중심인 태양은, 축축한 방 안에서 병을 앓고 있는 그에게 직접 나타나지는 않는다. 따라서 불이 지배하는 마당은 "노랗다". 그곳은 생명이 끓는 곳이며, 물과 달빛이 지배하는 그곳은 죽음의 공간이다.

1) 마당이 노랗고 (15)
잠자리 채 속의 나는 노랗다 (45)
마당이 보인다 노랗다 (73)
햇살을 몰고 간다/ 노란 마당으로 (58)
아이의 노란 마당 안을 들여다본다 (48)
마당은 노랗다 (41)
마당은 샛노랗게 정지되어 있다(53)
뜨거운 한낮의 마당이 열리고 (30)
숨막히게 아름다운 마당은 싫어…… (31)

2) 날은 흐리고 마당은 범람하는 어두운 강이었다 (52)
아이가 잔잔한 물소리의 마당으로 들어간다 (중략)
마당 그득히 할아버지가 괴인다 (27)
할아버지의 마당에 불이 꺼져 있다 (26)
불이 꺼진 마당으로 싸늘하게 나는 들어간다 (34)

1)은 빛이 지배할 때의 불타는 노란 마당을, 2)는 물과 어둠이 지배할 때의 싸늘한 마당을 나타내 보여 주고 있다. 2)의 "불이 꺼진 마당"에는, "죽은 무당개구리"와 "조각조각 깨진 초승달"이 있다. 그곳은 죽음의 세계이다. 그러나 빛이 지배하는 1)의 노란 마당도, 너무나 눈부시기 때문에 그는 "숨 막히게 아름다운 마당은 싫어"라고 말하는 것이다.

정화진의 마당은, 그의 다른 공간이 그러했던 것처럼 이중적이다. 방, 부엌, 독과 같은 오목한 공간을 즐겨 찾는 그는, 보호물이 없는 마당을 오히려 "숨 막히"다고 생각한다. 이것은 명백히 요나 콤플렉스에 기인한 것이다. 정화진 시의 뛰어남은, 우주의 대립되는 물질이 교묘하게 결합하고 서로 길항하면서 새로운 역동적 이미지를 창출하고 있다는 것인데, 그것은 도식적인 형태로 구분되지 않고 내적 상황에 따라 유동적으로 변형되어 나타난다. 방-부엌-마당으로 연결되는 정화진의 유년 세계는 각각 또다른 중간 거점을 갖고 있는데, 대청마루와 문지방, 댓돌 등이 그것이다. 이처럼 외부 세계에서 물은, 마당-부억－방의 순서를 통해 시인의 몸속으로 침투해 들어온다. 그러나 습기가 말라갈 때, 즉 그의 상상 공간 속에서 물보다는 불이 더욱 강화될 때, 방－부엌(댓돌, 대청마루)－마당의 역순으로 물질이 빠져나간다. 마당 밖의 더 큰 세계는 토담 너머인데, 아주 드물기는 하지만 시인이 토담 밖으로 외출할 때는 세계에 대한 화해의 제스처를 보여줄 때이다.

1) 냇물이 마당으로 들어온다 둔덕을 넘어오는 물, 마을 어귀 모든 돌다리들이 가라앉는다 좁은 길이 물에 묻힌다 할머니의 피가 심장 밖으로 넘쳐흐른다 (28)

쌉쓰레 익모초 숨들이 마당을 건너 대청마루로 간다/ 방 안으로 스며드는 익모초 향기에 젖으며 앓는 아이(23)

마당은 달빛이 내려앉아 창백하게 부풀어 있다/ 사랑채 쪽에서 들려오는 두런대는 소리/ 소리를 따라 조용히 대청마루를 건너간다 사랑방 문을 조금/ 밀어 보던 아이가 되돌아온다 안방으로 (36~37)

2) 부엌에서 새어나오는 칼의 잔광이 어둠에 싸인 마당을 자른다 (18)

불빛은 댓돌을 적시며 마당으로 번져나온다 (34)

부엌문 아래로 흘러나오는/ 연기가 장작 타는 소리를 싣고 한마당 자욱히 깔린다 (30)

대청마루 아래서 피어오르는 썩은 감자 내음이 마당

귀에 괴이다가/ 토담 밖을 날리어 간다 (30)

1)의 경우는 마당-부엌-방의 유통 통로를 통해 불이 내부로 스며드는 과정을 표현한 것이고, 2)는 방-부엌-마당의 순으로 불빛, 혹은 연기 등이 퍼져 나가는 것을 묘사한 것이다. 1)과 2)의 세계에서 공통적으로 느낄 수 있는 것은, 고요함 또는 그 배면에 짙게 배어 있는 죽음의 그림자이다. 왜 그럴까. 정화진의 상상 공간에서 대립적인 이미지 물과 불이 균형을 이루지 못하고 어느 한쪽에 무게중심이 가면서 지나치게 흘러넘칠 때, 그때, 죽음은 온다. "창백하게 아이가 바라본다/ 물이 마른다"의 불모성은, 그 한 예에 불과하다. 그러나 그것이 지나치지 않고 평면적인 우리의 삶에 자극을 줄 때, 죽어 있던 사물은 돌연 눈을 뜨고 빛나는 것이다. "장마는 아이들을 눈뜨게 하고"나, "모래톱을 거슬러 올라간 아이들이 강물 속에서 재잘거리며 명랑하게 물고기로 떠내려 온다" 같은 경우가 그것인데, 이러한 삶의 환희가 발견되는 경우는 매우 드물다.

3 유년, 이후의 정화진

『장마는 아이들을 눈뜨게 하고』는, 이제 성년이 된 시인이, 자신의 유년 공간 속으로 되돌아가 상처의 근원을 더듬으며 치유하는 통과제의적 과정을 담고 있다. 따라서 『장마……』 이후의 세계가 궁금해질 수밖에 없는데, 정화진의 시가 '유년의 상처를 바탕으로 훼손된 세계에 대한 그리움'을 표현하고 있으며, '섬세한 관찰과 추억과 현실이 혼융되면서 존재에 대한 비밀을 풀어 보이고 있다'는 분석의 다른 한쪽에 상존하는, '그녀의 시에서 유아적 퇴행성의 징후'나 '일종의 자폐성'을 발견한 경우에는, 더욱 그러할 것이다. 그런 점에서, 시집 이후에 써서 발표된 것으로 보이는 「긴 복도, 검은 강」 「차광 유리」 등은, 우리의 그러한 질문에 대해 명확한 해답을 제시하고 있다고 보여진다.

> 철쭉은 뚝뚝 지고 아버지는 붉은 글씨 행간 사이로 다시 끼어 들어갔다 쌓인 탄 더미를 때리는 폭풍우가 천변으로 끌고가는 검은 강, 검은 아버지 본다 아버지는 긴 복도, 유년의 회랑을 빠져나가는 길고도 황량한 강물 소리 듣는다 흰 시트 덮인 그 적막 속으로 흘러나가는 사람, 물크레하게 번지는 새벽 긴 복도 바깥의 출렁이는 위도 앞바다에는 늙은 살구나무가 여전히 꽃을 피워댔다 어머니는 살찌고 큰 참조기 한 손을 사들고 천천히 돌아오고 있었다
>
> —「긴 복도, 검은 강」

이 시는, 그의 첫 시집에서는 금기로 되어 있던 부모에

대한 회상을 보여 주고 있다. 아버지, 어머니라는 단어는, 무수히 등장하는 할머니 할아버지에 비해 시집 속에서는 단 한 번도 비치지 않는다. 그렇다. 이제 그는 진실로 "긴 복도, 유년의 회랑을 빠져나"온 것이다.

(필자 : 시인)

정화진

1959년 경북 상주에서 태어나 1986년 《세계의 문학》 가을호로 등단했다.
시집 『고요한 동백을 품은 바다가 있다』가 있다.

장마는 아이들을 눈뜨게 하고

1판 1쇄 펴냄 1990년 3월 20일
1판 2쇄 펴냄 1992년 3월 20일
개정판 1쇄 찍음 2007년 4월 16일
개정판 1쇄 펴냄 2007년 4월 20일

지은이 정화진
편집인 장은수
발행인 박근섭
펴낸곳 (주) 민음사

출판등록 1966. 5. 19. 제16-490호
서울시 강남구 신사동 506번지 강남출판문화센터 5층 (우)135-887
대표전화 515-2000 / 팩시밀리 515-2007
www.minumsa.com

값 7,000원

ISBN 978-89-374-0752-9 03810